Chère Lectrice,

En ouvrant ce livre de la Série Harmonie, vous entrez dans le monde magique de l'aventure et de l'amour.
Vous connaîtrez des moments palpitants, vous vivrez avec l'héroïne des émotions inconnues.
Duo connaît bien l'amour. La Série Harmonie vous passionnera.

Harmonie: des romans pour faire durer votre plaisir,
quatre nouveautés par mois.

37

La Nouvelle-Orléans, sur les bords
du Mississippi

KRISTIN JAMES
Des étoiles au ciel

Titre original : *Promise me tomorrow*
© 1991, Candace Camp
Originally published by Silhouette Books,
a division of Harlequin Books S.A., Toronto, Canada

© 1993, traduction française : Editions J'ai lu
27, rue Cassette, 75006 Paris

Les livres que votre cœur attend

Titre original : *Morning Star* (45)
© 1984, Kristin James
Originally published by SILHOUETTE BOOKS
a Simon & Schuster division of Gulf
& Western Corporation, New York

Traduction française de : Marie Robert
© 1984, Éditions J'ai Lu
27, rue Cassette, 75006 Paris

Devant l'immeuble familier de la *Sunburst Records*, Cathleen hésita un instant. Torturée par l'anxiété elle s'assit même quelques minutes sur le petit mur de briques qui longeait le perron ; il lui fallait absolument retrouver son sang-froid.

Elle se devait d'entrer la tête haute dans la célèbre maison de disques où son père, Dusty, avait connu ses premiers succès.

Hélas ! Dusty ne forçait plus l'admiration, bien qu'il ait largement contribué à l'essor de la société. Son président, John Metcalf, n'avait même pas accordé une entrevue à sa fille. Cathleen était attendue par un certain Bill McNally, le responsable des relations publiques, dont le travail consistait probablement à écarter les importuns.

Un profond soupir lui échappa. Elle se leva et s'efforça de franchir le seuil avec une ferme assurance.

McNally la fit attendre un bon quart d'heure. Lorsqu'il sortit enfin de son bureau, il la reçut poliment, mais sans chaleur.

— Mademoiselle Richards ? Ravi de vous connaître. Suivez-moi, voulez-vous ? Désirez-vous un peu de café ?

— Merci, non, pas maintenant.

Blessée, elle le suivit tout en ravalant sa colère.

Dire que, dans son enfance, elle et sa sœur Lynette étaient ici chez elles, Metcalf les emmenait dans son bureau, leur offrait des bonbons, leur faisait visiter les studios, les prenait sur ses genoux !

Et aujourd'hui Dusty Richards n'était plus rien. Seul, C. J. Casey régnait en maître. Quant à Stella Farrow qui avait si savamment brisé le cœur de Dusty, elle était maintenant au sommet de sa carrière. Pourtant, sans l'aide et le soutien de son père, jamais ils ne seraient devenus les vedettes de la maison de disques.

Dès que Cathleen fut assise en face de lui, McNally lui demanda :

— Que puis-je faire pour vous ?

— J'imagine que vous savez qui je suis et qui est mon père ?

— Dusty Richards ? Bien sûr. Il appartient à la légende. Quel est l'amateur de *country music* et de *folk* qui ne le connaît pas ?

— Eh bien ! Il a décidé de revenir à la chanson.

— Serait-ce possible ?

— Oui. Il voudrait enregistrer un album ou au moins un disque. Il a de nouvelles chansons à son répertoire. Et, compte tenu du passé, c'est ici qu'il aimerait travailler.

Avec un sourire gêné, McNally se lança dans des explications confuses.

— Mademoiselle Richards, je ne sais pas trop comment vous dire... Dusty était autrefois le meilleur, c'est incontestable, mais... c'est un personnage légendaire... il vaudrait mieux qu'il le reste... Un retour à la chanson est rarement une réussite... La *country music* a beaucoup évolué, Dusty n'est plus très jeune. Je crains qu'il ne soit pas très à l'aise...

— Du moment qu'il s'agit de musique, Dusty Richards n'est jamais ni déplacé ni mal à l'aise ; il a du talent et à soixante ans il n'est pas un homme fini.

— Je sais, je sais. Là n'est pas le problème...

— Alors, où est-il ?

— Parfait. Allons droit au but : Dusty représente un risque énorme, tout le monde le sait. On ne peut pas compter sur lui, il attire — ou déclenche — le scandale ; il joue, il boit et se donne en spectacle dans les lieux publics.

— Cela fait partie de son charme et de son succès. Il est le vrai cow-boy, excessif en tout, qui boit sec et se bagarre. Bien sûr, ce n'est pas très raisonnable mais il a un cœur d'or.

— C'était vrai... dans le temps. Mais il a exagéré et donne l'image d'un homme à bout de souffle. Vous ne vous souvenez peut-être pas de ce que furent ses derniers enregistrements, mais, hélas, nous, nous n'avons pas oublié. Combien de séances n'a-t-il pas manquées ? Une fois, nous avons essayé, en vain, de le dégriser durant plusieurs jours ! Et ses concerts ! Deux tournées annulées pour lui permettre de se faire soigner !

— Il avait eu un accident de voiture !

— Certes, mais s'il n'avait pas pris le volant ivre mort, ce ne serait pas arrivé. Dieu merci il n'a blessé que lui. Excusez ma franchise, mademoiselle Richards. Vous l'avez voulu.

— Vous pensez peut-être que je ne sais pas tout cela ? Mais qui, d'après vous, s'occupait de lui, allait le voir à l'hôpital, le sortait du lit quand il avait des rendez-vous ou bien encore le cherchait dans les bars lorsque vous le demandiez ? Je connais Dusty mieux que quiconque. Mais il a changé.

— Il a toujours le même argument.

— Cette fois c'est différent. Il vient de passer neuf mois à Oakcrest Villa. Vous devez connaître cette clinique réservée aux acteurs et aux vedettes. Il y a subi une cure de désintoxication.

— Voilà une bonne nouvelle !

— Il sort demain. Il n'est plus alcoolique et souhaite reprendre sa carrière. Le passé est enterré.

— J'en suis ravi pour lui.

— Ainsi vous ne voulez pas lui redonner une chance ?

— Nous ne sommes pas des philanthropes, mademoiselle Richards. Dusty est passé de mode. Il ne sait rien de la musique d'aujourd'hui.

— Je suis certaine que ses succès d'autrefois,

8

du moins quelques-uns, auraient toujours la faveur du public. Stella Farrow est encore très populaire.

— Elle est plus jeune que lui. Il était une vedette bien avant qu'elle ne débute. De plus, votre mère ne s'est jamais arrêtée. Elle s'est adaptée progressivement.

— Elle ne serait pas sous contrat avec vous si Dusty ne vous avait pas obligé à la prendre. Vous lui devez aussi C. J. Casey. Il a fait plus pour votre société que vous ne ferez jamais pour lui. Apparemment, vous avez oublié que grâce à lui vous avez gagné des sommes fabuleuses ! Sans compter les disques d'or ou de platine qu'il a obtenus.

— Je sais. Mais souvenez-vous, vous aussi... Il nous a fait perdre des fortunes avec ses contrats rompus et ses rendez-vous manqués. Les musiciens attendaient pour rien, les studios étaient loués inutilement ! Peut-être a-t-il réellement changé. Je le lui souhaite. Mais, jusqu'à ce jour, je n'ai encore jamais vu un alcoolique qui ne rechute un jour ou l'autre. Nous ne pouvons prendre ce risque.

Cathleen s'était levée et marchait maintenant de long en large.

— Quelle dureté ! Les temps sont loin où Dusty était adulé. Quand sa femme l'a quitté, il s'est laissé aller, le cœur brisé. Et tout le monde s'est empressé de l'oublier ! Vous avez de la chance d'avoir gardé sa femme. Ce n'est pas Stella

Farrow qui se laisserait emporter par ses sentiments. Elle n'a pas de cœur.

Cathleen se mordit les lèvres. Elle n'allait pas manifester sa rancœur devant cet inconnu. Une fois pour toutes, elle avait décidé de ne jamais parler de la trahison maternelle. Quant au mépris qu'elle éprouvait pour cette femme qui avait préféré son métier à ses enfants, cela ne regardait qu'elle.

Les larmes aux yeux, elle quitta la pièce sans prendre congé de McNally. Qu'était-elle venue faire ici ? On l'avait éconduite. Elle aurait dû s'en douter. Personne ne voudrait courir le moindre risque avec un alcoolique repenti.

Il n'empêche que le refus était, ici, particulièrement intolérable !

Plongée dans ses pensées, elle se heurta à un homme qui arrivait en sens inverse.

D'une main ferme, il l'arrêta, tout en s'exclamant :

— Eh bien ! Où allez-vous ?

Le cœur de Cathleen bondit. Elle l'avait immédiatement reconnu.

Cette voix chaude évoquait irrésistiblement les nuits de fête, les bistrots enfumés et les chansons de bastringue ; une voix profonde qui faisait battre les cœurs et trépigner les foules : celle de la plus grande vedette de la *country music* : C. J. Casey.

Ebahie, Cathleen leva les yeux sur lui. Il y avait

dix ans qu'elle ne l'avait pas vu autrement qu'en photo ; il n'avait guère changé, à ceci près : il portait maintenant un collier de barbe et une moustache où apparaissaient déjà quelques fils d'argent. Mais le regard d'un bleu intense brillait toujours du même éclat. Ses traits réguliers et fermes ne s'étaient ni adoucis ni affaissés. Il avait des lèvres sensuelles et un sourire moqueur qui la charmait.

Toujours svelte, il s'habillait encore comme un jeune cow-boy en quête d'aventures : jean moulant, bottes noires pointues, chemise à carreaux, généreusement ouverte.

Un bel homme plein de force, de virilité, de sensualité mais dont les fines mains et les rides au coin des yeux trahissaient cependant une certaine délicatesse et même de la tendresse...

Comme toutes ses admiratrices, Cathleen n'était nullement insensible à son charme et son regard la troublait plus qu'elle ne voulait l'admettre. Comment pouvait-elle réagir ainsi alors qu'elle n'éprouvait que mépris pour cet individu, porté par son père aux sommets de la gloire et qui l'avait remercié en ayant une aventure avec son épouse ?

— Dieu ! Mais c'est Cathleen Richards ! s'exclama-t-il.

— Lâchez-moi !

Nerveuse, elle essaya d'échapper à sa poigne.

— Je vois que vous n'avez pas changé de

refrain ! Vous disiez déjà cela il y a dix ans. Vous vous rappelez ?

Elle s'en souvenait en effet. Elle avait alors seize ans et son père venait de lui apprendre que Stella, sa femme, aimait un autre homme. Cathleen sanglotait sous le grand chêne au fond du jardin où elle s'était réfugiée, amère d'avoir été si naïve. Casey s'empressait toujours auprès de Stella. Il cherchait à satisfaire ses moindres désirs et la regardait avec tant d'amour ! Cathleen, elle, n'avait pas voulu voir la vérité. Elle adorait Casey et avait espéré qu'un jour le chanteur partagerait sa passion... Et c'était vers Stella, sa propre mère, qu'il s'était tourné ! Toute sa tendresse s'était aussitôt muée en haine, une haine féroce d'adolescente dépitée.

Elle donnait libre cours à son chagrin quand Casey était arrivé. La voyant ainsi accablée, il l'avait aidée à se relever.

— Mais enfin que se passe-t-il ? Dusty ne veut plus m'adresser la parole, et vous, vous êtes là écroulée et en larmes !

Elle s'entendait encore hurler.

— Je vous hais ! Dusty, Lynette et moi, nous ne voulons plus vous voir ! Jamais ! Et lâchez-moi !

Sans un mot, il s'était éloigné. Mais, aujourd'hui, sa main ne relâchait pas son étreinte.

— Les larmes vous vont mieux maintenant, plaisanta-t-il.

Il ajouta en la déshabillant du regard.

— Vous êtes très belle !

Cathleen fit la grimace ; elle ne savait trop s'il disait vrai. N'avait-elle pas grandi trop vite ? Ses formes s'étaient généreusement arrondies et, si bien des hommes se retournaient en sifflant d'admiration, son corps n'était à ses yeux qu'une source d'embarras.

— Lâchez-moi, s'il vous plaît, répéta-t-elle.

— Acceptez d'abord de prendre un café avec moi. Vous m'expliquerez ce que vous faites, en larmes, dans les couloirs de cette maison !

— C'est non !

— Toujours aussi charmante ! Puis-je, au moins, poser une question ? Est-il vrai que Dusty a abandonné la boisson ?

— Oui ! répliqua-t-elle fièrement.

— J'en suis heureux. Ce n'est donc pas à cause de lui que vous pleurez ?

— Non. Je pleure parce que personne, ni ici, ni ailleurs, ne veut lui redonner une chance.

Intéressé, il s'écarta un peu d'elle et lui demanda :

— Il a de nouveau envie de chanter ?

— Il en parle depuis des semaines. Il a écrit de nouvelles chansons et il voudrait aussi enregistrer les miennes.

— Les vôtres ?

— Oui. Je compose de temps à autre. Pour m'amuser.

— Vous chantez ?

— Pas vraiment. Seulement en famille ou dans ma salle de bains... le public me ferait peur.

— Je vois. Mais allons boire ce café. Je pourrais peut-être vous aider, vous savez.

— Je refuse votre sollicitude.

— Cathy, voyons ! Vous n'êtes plus une enfant ! Ne pourriez-vous pas oublier vos rancunes ?

— Non. Et ne prétendez pas qu'il ne s'est rien passé !

Il se tut. Sans trop savoir pourquoi, elle le suivit jusqu'à une petite pièce où était installé un distributeur de boissons et de sandwiches.

— Qu'est devenu le bar ? demanda-t-elle, étonnée.

— Il n'était guère rentable. On l'a fermé. Que voulez-vous ? Un café, des petits pains ?

— Casey ! protesta-t-elle. L'heure du petit déjeuner est passée.

— Excusez-moi, je suis debout depuis très peu de temps. Eh bien ! je ne sais que vous proposer.

— Un soda.

— Et que faites-vous dans la vie, à part écrire des chansons ?

Ils s'assirent à une table, l'un en face de l'autre.

— Je suis la secrétaire d'Eddy Lambert, l'imprésario.

— Secrétaire et auteur-compositeur en secret ! Vous ne voulez pas devenir une vedette et gagner un million de dollars ?

— J'aimerais, répondit-elle avec un sourire.

14

Casey s'apprêtait à boire mais son geste resta en suspens. Il avait oublié que Cathleen avait un sourire à damner un saint! Loin d'être aussi ravissante que sa sœur, elle ressemblait plutôt à son père. Cependant, son abondante chevelure brune seyait à l'ovale du visage et ses yeux bleus ourlés de longs cils noirs pétillaient d'intelligence. Mais son charme venait essentiellement de son sourire...

Soudain rêveur, Casey laissait errer son regard sur les formes de Cathleen...

Troublée, elle recommença à parler de son père.

— J'ai frappé à toutes les portes, dit-elle. Personne ne veut enregistrer les chansons de Dusty. Les gars de Nashville sont tous des ingrats!

— Vous croyez? Je suis sûr pourtant que Dusty a laissé un bon souvenir. Tout le monde se réjouit de sa guérison.

— Oui, mais personne ne veut lui redonner sa chance et surtout pas son ancien impresario, Joe Siegel. Il m'a, pratiquement, mise à la porte.

— Il n'est pas très habile, il est vrai... Quand on lui a fait faux bond, une fois, jamais il ne pardonne. Dusty a annulé deux tournées... Joe ne lèvera plus le petit doigt pour lui.

— Les autres non plus.

— Depuis quelques années, Dusty n'avait pas

très bonne réputation, que je sache. Le bruit courait qu'il était difficile de travailler avec lui.

— Exact. Je suis mieux placée que n'importe qui pour le savoir. Mais c'est fini. Mon père a renoncé à l'alcool. Il va bien et il a besoin de travailler pour ne pas rechuter. S'il s'ennuie, il retrouvera le chemin des bars. Pourquoi ne pas lui donner la possibilité de prouver qu'il a changé ?

— J'ai une idée. Je vais voir John Metcalf et lui demander d'écouter Dusty. Qu'en dites-vous ?

Pour un peu Cathleen aurait refusé, cependant elle se retint. L'idée de devoir une aide quelconque à Casey lui était insupportable pour le bien de Dusty...

— Ce ne serait que justice.

— Ne bougez pas, dit-il. Je n'en ai pas pour longtemps.

Il se leva et sortit de la pièce.

Une fois seule, elle réfléchit. Avait-elle bien fait ? Dusty n'allait peut-être pas apprécier. Il y avait des années qu'il n'avait pas eu le moindre mot contre Casey mais l'intervention de celui-ci réveillerait peut-être de vieilles rancœurs...

Elle en était là de ses réflexions lorsque, vingt minutes plus tard, Casey réapparut, le sourire aux lèvres.

— Tout est arrangé, annonça-t-il, apparemment très satisfait de lui. Il m'a semblé qu'une rencontre amicale serait plus souhaitable qu'une audition officielle dans nos studios.

— Merci, murmura-t-elle, médusée par tant de délicatesse.

— Demain soir, cela ira ?

— Oui, bien sûr.

Dusty serait certainement très excité à l'idée que le président de la *Sunburst* veuille le rencontrer le jour même de sa sortie de clinique.

— Parfait. J'espère que vous ne m'en voudrez pas mais j'ai dit à Metcalf que nous dînerions chez vous.

— Vous voulez venir ? Mais c'est impossible !

— Votre hospitalité m'enchante !

— Voyons ! Vous devez bien vous rendre compte que mon père supportera difficilement de se retrouver en face de vous le jour où il rentre chez lui ?

— Parce qu'il était fou furieux contre moi il y a dix ans ? Mais les gens avec lesquels il s'est battu quand il était ivre ne se comptent plus ; s'il devait ne plus leur parler, il serait fâché avec la moitié de la ville ! Ma présence n'est vraiment pas un problème, je vous assure.

Sans doute avait-il raison. S'il avait bien des défauts Dusty n'était pas rancunier. Il se disputait un jour et, le lendemain, embrassait son adversaire de la veille. Malheureusement sa fille n'avait pas une aussi bonne nature. Et elle n'était pas du tout certaine de pouvoir être aimable avec

17

Casey pendant toute une soirée. Il l'irritait. L'idée de lui devoir quelque chose l'exaspérait. Sans parler de l'attirance qu'il exerçait sur elle ! Comment pouvait-il éveiller un tel intérêt chez elle alors qu'elle n'éprouvait aucune estime pour lui ?

— Allons, Cathleen, insista Casey, vous ne pouvez pas me refuser ce dîner alors que je vais vous amener Metcalf.

— C'est vrai, reconnut-elle à contrecœur. Sept heures ? Cela vous va ? Et pas d'apéritif, je vous préviens.

— Très bien. Je viendrai avec Metcalf, pour être certain qu'il ne changera pas d'avis à la dernière minute. Où habitez-vous ?

Il ne sourcilla pas quand elle lui donna son adresse. Pourtant elle vivait avec son père dans un quartier peu élégant. Seules quelques rares personnes savaient que Dusty avait totalement dilapidé la fortune qu'il avait gagnée. Cathleen devait travailler pour les faire vivre et, si leur ami Jack Beaudry n'avait pas payé les frais d'hospitalisation de Dusty, elle aurait dû vendre leur maison pour le faire soigner.

— Je peux vous raccompagner ? proposa Casey.

— Merci, j'ai ma voiture.

— Parfait. A demain, alors.

— A demain.

Il disparut et Cathleen resta clouée au sol,

partagée entre la joie d'offrir une chance à son père et le regret de la devoir à Casey.

Casey qu'elle redoutait de recevoir chez elle. Peut-être pas uniquement parce qu'elle le méprisait...

Chapitre 2

En sortant de la *Sunburst*, Cathleen eut soudain envie de raconter à sa sœur son entrevue avec Casey.

Lynette vivait non loin de là, dans un des vieux quartiers chics de la ville, et Cathleen avait encore le temps d'y arriver pour le dîner.

Pour une fois, sa voiture démarra sans mal et elle fila à bonne allure. En ce début de printemps, les arbres bourgeonnaient et les jardins embaumaient. Elle n'en avait pas encore pris conscience.

A Greenwood, dans la demeure de son enfance, le cornouiller et l'arbre de Judée devaient être en fleurs. Un sourire effleura ses lèvres en même temps que des larmes lui montaient aux yeux. Sa mère habitait toujours là... Au moment du divorce elle avait gardé la maison tandis que ses filles partaient avec Dusty.

Lynette fut très étonnée de voir sa sœur pénétrer dans son salon.

— Cathleen ! Que fais-tu ici ? s'écria-t-elle. Tu n'as pas sonné ?

— Non, je suis passée par-derrière ; ta soubrette m'a gentiment ouvert la porte de la cuisine.

— Quel bon vent t'amène ?

20

— Une heureuse nouvelle.

— Tu te maries ?

— Tu ne penses décidément qu'à cela !

— C'est vrai, reconnut Lynette en riant. Alors, raconte. Mais d'abord... que veux-tu boire ?

— Une vodka, pour une fois.

Cathleen ne prenait pour ainsi dire jamais d'alcool, non par principe ou par crainte mais plutôt par dégoût. Combien de bouteilles n'avait-elle pas vidées dans l'évier afin de les soustraire à son père !

Elle choisit le siège le moins inconfortable, le mobilier de Lynette répondant essentiellement à un souci d'esthétique...

— Alors ?

— John Metcalf a accepté d'écouter les nouvelles chansons de Dusty. S'il les aime, je pense qu'il les enregistrera.

— Elles sont bonnes ?

— Absolument. Rien à voir avec ce qu'il a fait ces dernières années.

— Comment t'y es-tu prise pour le convaincre ? Ce n'est pas par bonté d'âme ou par amitié qu'il agit ainsi. La dernière fois qu'ils se sont vus, papa a été grossier, brutal avant de l'assaillir, littéralement.

— Tu as raison, soupira Cathleen, j'avais oublié. Pas étonnant qu'il n'ait pas voulu me recevoir... Ce n'est pas moi qui ai persuadé Metcalf d'entendre papa. C'est Casey.

— Casey ? Vraiment, je ne comprends pas. Papa lui a envoyé son poing dans la figure. Tu te souviens ?

Hélas ! Elle ne s'en souvenait que trop ! Quelques jours après avoir signifié à Casey qu'elle ne voulait plus le voir, le chanteur était revenu avec l'intention de s'expliquer avec Dusty. Fou de rage et ivre, comme d'habitude, celui-ci l'avait envoyé au sol d'un direct bien placé. Casey s'était relevé, couvert de boue. Un instant, Cathleen avait cru qu'il allait riposter. Mais avant qu'elle n'ait eu le temps de s'interposer, d'un geste, Casey l'avait écartée. Dusty avait fait une seconde tentative, sans succès, cette fois, avant de s'écrouler à son tour.

— Mettez-le au lit, lui avait dit le chanteur, plein de mépris.

C'était la dernière fois qu'elle l'avait vu jusqu'à cet après-midi.

Cathleen haussa les épaules.

— Oui, je m'en souviens. Qui sait pourquoi il s'est montré généreux aujourd'hui ? Peut-être parce qu'il a honte et qu'il se sent coupable ? J'allais quitter la *Sunburst* quand je l'ai rencontré. Il a insisté pour m'emmener prendre un café ; je lui ai raconté que personne ne voulait plus travailler avec Dusty. Il est allé voir Metcalf et a obtenu une audition pour papa, demain soir.

— Le jour même de sa sortie de clinique ! N'est-ce pas un peu précipité ?

— Il est tellement impatient de prouver qu'il peut encore chanter! Il aura le trac, c'est sûr mais pas plus que s'il devait attendre des jours et des jours. Je pense qu'il sera heureux de savoir qu'on l'attend.

— Je l'espère. A quelle heure vas-tu le chercher?

— Demain matin à dix heures. Tu veux venir avec moi?

— Oh! non. Je déteste ce genre de clinique. Papa comprendra, non?

— Bien sûr. Il déteste encore plus que toi les situations délicates. Mais pourquoi ne viendrais-tu pas déjeuner avec nous?

— Bonne idée. Je vous emmène au restaurant.

— Comme tu veux.

— Et au bureau, tu es contente?

— Oui. J'ai un travail intéressant. Aujourd'hui j'ai tapé le projet de tournée du *Backstreet Band*. C'est mieux que les contrats.

— Je ne comprends pas pourquoi tu fais cela.

— C'est bien payé, plutôt distrayant et il n'y a pas tellement d'emplois dans le monde de la musique.

— Si tu acceptais la pension que veut t'allouer maman...

— Je t'en prie, ne reviens pas là-dessus. Tu sais très bien que je ne veux pas de cet argent. Cela lui donnerait bonne conscience et j'aurais l'impression de trahir Dusty.

— D'après toi, c'est mon cas ?

— Pour toi c'est différent. Tu l'aimes. Et vous entretenez des relations presque normales. Mais Stella et moi... depuis des années nous ne nous parlons pour ainsi dire plus. Ce serait un peu bizarre, et même malhonnête, d'accepter de l'argent alors que je n'ai aucune affection pour elle.

— Tu n'aimes pas non plus Casey. Et tu ne l'as pas envoyé promener quand il t'a offert d'aider Dusty.

— Pour Dusty, je suis prête à tout. Et en plus Casey lui doit tant !

— Que crois-tu qu'il se soit passé entre Casey et Stella ?

— Difficile à dire. Mais...

— En tout cas, ce ne serait pas la première fois que Dusty se serait monté la tête pour rien. Pourquoi n'a-t-on pas parlé de cette liaison au moment du divorce ?

— Dusty aimait trop sa femme pour lui infliger une telle honte.

— On n'a pourtant pas hésité à déballer toute sa vie. Ses aventures, il ne les a pas passées sous silence.

— Et les journaux ? Tu oublies ce que racontaient les journalistes ?

— Des rumeurs. Tu connais les reporters. Le coup de poing de Dusty à Casey... a suffi à alimenter leur imagination. Mais je ne l'ai jamais

24

rencontré à Greenwood quand j'allais voir maman.

— Tu ne te souviens pas comment il regardait Stella ? Quand Dusty m'a tout expliqué, je l'ai immédiatement cru parce que les yeux de Casey parlaient pour lui.

— Tu n'étais pas plus discrète en face de lui. La passion te coupait le souffle.

— Lynette !

— Ce n'est pas vrai ? Ne dis pas le contraire. Tu étais folle de Casey !

— Peut-être. Mais quel rapport avec lui et Stella ?

— Je ne sais pas. Peut-être faut-il voir là les raisons de ton hostilité.

— Lynette, que se passe-t-il ? Pourquoi t'intéresses-tu à cette histoire vieille de dix ans ?

— Je m'interroge. Parfois... j'ai très peur que tu me détestes.

— Ne sois pas stupide. Voyons, Lynette, toi je t'aimerai toujours. Papa aussi. Et pourtant, il m'en a fait voir. Qu'est-ce qui t'arrive ?

— Rien. Simplement je ne suis pas aussi exemplaire que toi.

— Oh ! Il ne faut pas exagérer. Mais nous parlions de rancunes... Je n'ai jamais pardonné à Stella d'avoir quitté Dusty.

— Elle n'est pas méchante. Seulement très égoïste, comme moi.

— Lynette! Pourrais-tu, s'il te plaît, t'expliquer un peu plus clairement?

— Je ne vais pas très bien en ce moment.

— Vous avez des problèmes, Michael et toi?

— Bien sûr que non. Les Stokes n'ont jamais de difficultés conjugales. Tu n'es pas au courant? Toujours le sourire; jamais de heurts ni de querelles. Cela ne se fait pas!

Exaspérée, Lynette se leva et sa sœur l'imita, décidée à en savoir davantage. Mais elle n'en eut pas le temps. Un bruit de pas dans le hall interrompit leur tête-à-tête.

— Michael? appela Lynette, un sourire de commande aux lèvres, c'est toi?

Elle avait à peine prononcé ces mots que son mari s'arrêtait sur le seuil.

— Bonsoir, ma chérie. Tu vas bien? Prépare-moi un whisky, s'il te plaît. Cathleen! Quelle bonne surprise! Je ne savais pas que vous deviez venir.

— Ce n'était pas prévu.

— Vous restez dîner, j'espère.

Il posa sa serviette et vint embrasser sa belle-sœur. Grand, beau, d'humeur agréable, Michael était fort amoureux de Lynette. Que pouvait-il bien se passer entre eux?

Elle remercia son beau-frère.

— Merci, je préfère rentrer. Je suis simplement passée voir Lynette.

Les deux sœurs s'embrassèrent chaleureusement.

Dans sa voiture, Cathleen repensa à ce que Lynette lui avait laissé entendre. Le couple traversait-il réellement une crise ou Lynette exagérait-elle, comme cela lui arrivait souvent ? Cathleen l'espérait. Le retour de son père à la maison lui suffisait pour le moment. Elle n'avait vraiment pas besoin des problèmes de Lynette.

En arrivant chez elle, Cathleen se sentit soudain épuisée. Peut-être avait-elle faim, tout simplement. L'œuf dur et la salade avalés en hâte à l'heure du déjeuner étaient loin.

Après une brève hésitation, elle ouvrit le réfrigérateur et se fit un sandwich au jambon et au fromage.

A peine en avait-elle avalé la dernière bouchée que le téléphone sonna.

Elle traversa la cuisine en courant et décrocha le combiné.

— Allô ?

— Bonjour, petite fille, tu as l'air bien gaie.

— Bonjour Jack, répondit-elle, ravie d'entendre la voix de Jack Beaudry, le fidèle ami de son père.

Il n'avait jamais atteint la popularité de Dusty ou de Casey mais depuis plus de vingt ans il allait tranquillement son chemin. Il en était de même pour son amitié avec Dusty dont il avait toujours supporté les crises et les excès avec une patience angélique.

— Est-ce le retour de ton père qui te rend si joyeuse ?

— Peut-être.

— Tu vas le chercher demain matin ?

— Oui.

— Tu veux que je t'accompagne ?

— Cela ne vous ennuie pas ? s'exclama-t-elle, ravie. Ce serait un réel plaisir ! A dire vrai je suis un peu anxieuse... j'ai demandé à Lynette mais elle a refusé.

— Ta sœur a une certaine tendance à se dérober devant les difficultés.

— Pourtant elle aime beaucoup Dusty, affirma Cathleen toujours prête à défendre sa sœur.

— Ne prends pas la mouche ! Je connais Lynette aussi bien que toi. Quand Sally est morte, personne ne m'a aidé autant qu'elle ; c'est une fille adorable mais qui déteste les problèmes.

— Je sais. Excusez-moi... Votre présence me sera d'un grand secours.

— Je viendrai te chercher un peu avant. Cela te va ?

— Parfaitement. Merci.

Elle n'avait nullement exagéré : le retour de son père l'inquiétait. Certes, il avait changé, ne se mettait plus en colère pour rien et semblait loin de ces sautes d'humeur qui le plongeaient dans un abattement total. Il était enfin prêt à affronter

28

la vie en adulte, sans se raconter des histoires ou se montrer par trop optimiste. Mais avec Dusty, on ne savait jamais. Elle aurait voulu lui faire confiance. Mais, malgré elle, la peur d'une rechute la tenaillait.

D'autre part, l'idée de ne plus être seule l'attristait un peu. Elle avait beaucoup apprécié de n'avoir à s'occuper que d'elle pendant quelques mois. Néanmoins elle nourrissait l'espoir, encore fragile, de déménager dans quelque temps, lorsque son père aurait repris pied. Elle louerait alors un petit appartement et serait enfin soulagée d'un fardeau lourd à porter...

Elle eut beaucoup de mal à s'endormir, fit des rêves étranges et ne fut pas fâchée de se réveiller.

Elle attendit Jack avec impatience. Celui-ci passa la prendre à l'heure dite.

Dès qu'elle l'aperçut, elle courut au-devant de lui, le sourire aux lèvres. Jack était vraiment un excellent ami! Et si rassurant! Il ne s'énervait jamais, ne se pressait pas, semblait toujours avoir la vie devant lui. Avec sa tignasse brune, ses yeux rieurs, il avait un côté bon enfant. D'ailleurs on recherchait sa compagnie et Cathleen était contente de pouvoir s'appuyer sur lui.

Elle le connaissait depuis toujours... ou presque. Il avait quinze ans de moins que Dusty qui l'avait adopté dès le premier jour de leur rencontre. Il avait été le plus fidèle soutien de la famille.

Véritable exploit dans une profession où les

drames conjugaux sont monnaie courante, son union avec une amie d'enfance avait été parfaitement heureuse. Malheureusement, après vingt ans de vie commune, il avait dû affronter la mort subite de sa femme.

Jamais son amitié pour Dusty ne s'était démentie. Il avait souvent aidé Cathleen à le chercher dans les bars de la ville. A plusieurs reprises, il avait essayé de faire travailler Dusty alors que tout le monde lui tournait le dos. Enfin, il avait enregistré ses meilleures chansons pour lui procurer des droits d'auteur et, lorsque Cathleen avait eu besoin de gagner sa vie, il avait persuadé son imprésario, Eddy Lambert, de l'embaucher.

Lorsque Dusty était entré en clinique, tous les frais avaient été payés, ce qui avait évité à Cathleen de vendre sa maison pour payer la note. La direction avait obstinément refusé de dévoiler le nom du généreux donateur mais Cathleen avait aussitôt pensé à Jack. Qui d'autre que lui aimait assez Dusty pour avoir un geste aussi admirable ?

Elle voulut lui offrir un café avant de partir mais il refusa :

— Ce serait avec joie, mais nous n'avons pas le temps, lui dit-il.

Aux yeux de Cathleen, Jack n'avait qu'un seul défaut : il conduisait trop vite, comme Dusty. Pendant tout le trajet, en dépit de leur agréable conversation, pas un seul instant elle ne put se détendre.

Il lui demanda des nouvelles de sa sœur, lui parla de son travail et en particulier de sa dernière tournée.

— Je deviens trop vieux pour ce genre d'exercice, soupira-t-il. Je devrais me contenter d'enregistrer et de rester chez moi.

— Avant un mois vous seriez mort d'ennui !

— Peut-être as-tu raison.

Tandis qu'elle admirait les jardins des villas où apparaissaient les premières jonquilles, Cathleen se mit à fredonner une mélodie alerte.

— C'est charmant ce que tu chantes là, reprit Jack sincèrement ravi.

— Vous trouvez ?

— Qu'est-ce que c'est ?

— L'un de mes rêves. Les premières mesures...

— Pourquoi ne me laisses-tu pas regarder tes chansons ? Je suis sûr que j'y trouverais mon bonheur. Moi je ne sais pas composer.

— Je ne veux pas de complaisance, Jack, mais la reconnaissance de mon talent. Si toutefois j'en ai !

— Dans ce métier on n'a jamais trop d'amis. Il ne suffit malheureusement pas qu'une chanson soit excellente pour être enregistrée.

— Je sais.

— Tu devrais me laisser faire.

— Non.

— Quelle entêtée ! Tu n'aurais pas quelques liens de parenté avec un certain Dusty, par hasard ?

— Je ne sais pas comment vous expliquer, vous avez toujours été si gentil pour Dusty et pour moi. Mais là c'est différent. M'aider à trouver une situation ou régler la note de la clinique c'est une chose, la musique en est une autre.

— La clinique ? Que veux-tu dire ?

— Ne prenez pas cet air innocent. Vous avez tout payé, non ? Qui d'autre l'aurait fait ?

— J'aurais bien voulu mais je suis arrivé trop tard. Ce n'est pas moi, je te le jure. J'ai pensé que c'était Lynette et son mari ou toi, en te débrouillant je ne sais comment...

— Vous dites la vérité ?

— Absolument.

— Alors, qui a réglé les frais ? Sûrement pas ma sœur, je le saurais. Et de toute façon Michael ne croit absolument pas en ce genre de cure. Quant à moi, où aurais-je trouvé une telle somme ?

— Eh bien ! Ce doit être quelqu'un qui estimait avoir une dette envers Dusty. Il a plus d'amis que tu ne crois. Beaucoup lui doivent leur carrière.

— Moi je n'ai vu que vous ! Je me demande vraiment qui cela peut être.

— Inutile de chercher, cette personne n'attend

32

sûrement pas de remerciements sinon elle n'aurait pas recommandé une telle discrétion au personnel de la clinique.

— Un bienfaiteur dans les coulisses ? Cela me fait tout drôle.

— Accepte, c'est ce que tu as de mieux à faire. Il s'agit probablement de quelqu'un à qui Dusty a rendu service et qui a vu là une occasion de le payer en retour.

Contrairement à ce que pensait Cathleen, Dusty ne les guettait pas sur le perron de la maison de santé. Au contraire, ils durent l'attendre plus de vingt minutes ; il était en conversation avec son psychologue.

Quand, enfin, il les rejoignit dans le hall, elle se précipita dans ses bras, les larmes aux yeux.

Quel bonheur de le voir ainsi rajeuni, le teint clair, l'œil vif et gai, le geste ferme et décidé !

— Papa ! murmura-t-elle plus émue qu'elle ne l'aurait voulu. Regarde qui est là.

— Oh ! Jack ! Comment vas-tu ?

— Très bien... et toi ?

— A merveille. Tu as devant toi un homme libre ! ajouta-t-il avec un clin d'œil complice.

Dusty n'était pas ce qu'on appelle un séducteur mais il avait du charme et, surtout, un sourire auquel il était difficile de résister ; un sourire qui lui attirait les sympathies et lui attachait les cœurs... avant qu'il ne cède à ses regrettables excès.

Et voilà que ce sourire était revenu !

Il ne leur fallut que quelques minutes pour rassembler ses affaires et quitter la clinique.

Une fois les grilles du parc franchies, Dusty qui s'était installé à côté de Jack se retourna.

— Ma chérie, dit-il, maintenant une page est tournée. L'avenir est à moi. Je repars à zéro !

Chapitre 3

Dusty ne parla plus guère jusqu'aux portes de Nashville. Même lorsque Jack lui raconta sa dernière tournée, il répondit par monosyllabes, apparemment préoccupé par tout autre chose.

Cathleen ne voulait pas lui annoncer tout de go que, le soir même, il allait être mis à l'épreuve.

— Dieu ! Que c'est bon de rentrer chez soi ! s'exclama-t-il, dès qu'ils eurent traversé les faubourgs. Jamais je n'aurais imaginé qu'un jour cette ville me paraîtrait aussi belle... Un peu inquiétante, aussi...

— Anxieux ? demanda Jack.

— Je me sens comme un gamin de quinze ans.

Il se tourna vers sa fille.

— Où en es-tu, Cathleen ? Est-on prêt à redonner une chance à ton vieux père ?

Avec un calme plus apparent que réel, elle lui demanda :

— Que dirais-tu de recommencer à travailler pour la *Sunburst* ?

— Tu n'y penses pas ! La dernière fois que j'ai rencontré Metcalf il m'a juré que j'étais un homme fini.

— Il a dû changer d'avis.

— Explique-toi. Je ne vois pas où est son

intérêt. On lui a sûrement forcé la main. Je me demande bien qui. Stella ?

— C. J. Casey. C'est lui qui est intervenu auprès de Metcalf.

Elle n'alla pas plus loin, s'attendant à ce que Dusty explose de colère.

— Casey ? dit-il, songeur, pour le plus grand soulagement de Cathleen. Il y a des années que je ne l'ai pas vu. C'est vraiment chic de sa part.

— Ils viennent tous les deux ce soir à la maison pour t'écouter.

— Ce soir ? Mais je ne peux pas... Oh ! Après tout, pourquoi pas ? Mieux vaut en finir tout de suite plutôt que de me ronger les sangs... Et Casey sera là ? Presque une séance publique ! Qu'est-ce que je vais leur chanter ? *Dreamer*, ta composition ? Toi et moi, ensemble, nous sommes très bons. Et *Jewel* ? Tu pourrais leur montrer ce que tu sais faire, toi aussi.

— Papa ! Ce n'est pas moi qui vais enregistrer !

— Cela me faciliterait les choses. Ce serait moins impressionnant.

— Dusty, je te rappelle que je ne veux pas chanter.

— Allons, Cathleen ! intervint Jack. Ne te braque pas.

Il avait raison. Pourquoi ne pas essayer ? Cependant l'idée de s'exhiber devant Casey la mettait mal à l'aise. Mais l'heure n'était pas aux considérations personnelles. Dusty avait besoin de tout son soutien.

Elle finit par donner son accord.

— Si vous vous mettez à deux contre moi, comment voulez-vous que je m'en sorte ?

Pendant le reste du trajet, ils choisirent le programme de la soirée.

Jack les quitta dès qu'ils furent chez eux et Lynette arriva quelques minutes plus tard.

Leur déjeuner au restaurant fut agréable. Tout de suite après, Cathleen abandonna son père et sa sœur et alla faire des courses pour le dîner. Bonne cuisinière, elle voulait faire honneur à ses hôtes.

Tandis qu'elle préparait une mousse au chocolat et un veau Marengo, Dusty déménagea plusieurs fois les meubles du salon afin de rendre la pièce plus accueillante. Il tenait aussi à en améliorer l'acoustique.

Cathleen mettait la table, lorsqu'elle crut entendre une voiture s'arrêter devant leur porte. Metcalf et Casey, déjà ? Elle n'était pas prête. Qu'allaient-ils penser ?

Dieu merci, ce n'était pas eux ! Rapidement, elle acheva les préparatifs du dîner et grimpa quatre à quatre dans sa chambre où elle se maquilla et se coiffa avec soin avant d'hésiter un bon quart d'heure devant son armoire. Que mettre ? Il lui fallait une robe qui soit élégante sans être trop habillée.

Finalement elle choisit un ensemble pantalon

lavande. La veste droite, un peu stricte, était de circonstance. Mais elle serait condamnée à ne pas l'enlever car son corsage dévoilait généreusement ses épaules.

Elle se regardait une dernière fois dans la glace, lorsque la sonnette retentit. Dusty fut à la porte avant elle, le sourire aux lèvres, l'expression étonnamment sereine.

Visiblement heureux, il tendit la main à John Metcalf.

— Salut, John, s'exclama-t-il. Toi aussi, Casey, tu es venu... Quel honneur !

Cathleen soupira. Jamais elle ne comprendrait son père. Il était là, détendu et aimable avec deux hommes qu'il avait agressés la dernière fois qu'il les avait rencontrés ! Non qu'il fût hypocrite : en fait, il oubliait ses éclats aussi vite qu'il s'emportait. En revanche, qu'on puisse lui garder rancune de sa conduite l'étonnait toujours.

A son tour, Cathleen salua ses hôtes.

— Bonsoir, monsieur Metcalf, dit-elle, le plus aimablement qu'elle put.

Devant son air surpris, elle ajouta :

— Je suis Cathleen, la plus jeune fille de Dusty.

— Cathleen ! répéta-t-il. Mon Dieu ! Je ne vous avais pas reconnue. Pour moi, vous avez toujours douze ans.

— Excusez-moi de ne plus être une enfant, plaisanta-t-elle.

— Mais c'est très bien ainsi ! intervint Casey.

38

Elle eut du mal à garder son sourire mais l'accueillit tout de même cordialement.

Avec sa chemise de soie bleue aux manches larges et son pantalon admirablement coupé, il était encore plus séduisant que la veille.

Connu pour sa décontraction vestimentaire — vieux jeans délavés et chemises à carreaux — il avait, pour la circonstance, fait un effort d'élégance. Curieusement, Cathleen lui en sut gré.

— Vous êtes bien jolie, ce soir, dit-il de sa voix grave, un peu traînante, sans la quitter des yeux.

Sensible au compliment, elle rougit et s'en voulut tout aussitôt !

Conscient de son trouble, Dusty fit remarquer :

— Vous n'allez pas passer la soirée dans l'entrée. Venez au salon.

Cathleen en profita pour s'esquiver et aller à la cuisine où elle s'affaira, laissant ainsi à son père et à ses invités le temps de refaire connaissance.

De plus, elle voulait reprendre ses esprits. Elle n'allait pas gâcher une soirée aussi importante par ses comportements de collégienne. La présence de Casey la mettait dans un état indéfinissable qu'elle se devait de maîtriser.

— Puis-je vous aider ?

Elle sursauta, se retourna. Casey était nonchalamment adossé au chambranle de la porte.

— Pardon ? Oh !... Non, merci. J'allais servir...

— Eh bien ! je peux porter les plats.

— Je vous imagine mal dans ce rôle.

— Pourquoi ? Comment croyez-vous que je fais chez moi ? Vous pensez que je mange debout dans ma cuisine ?

Elle se mit à rire malgré elle.

— Sûrement pas. Mais je ne vous vois pas non plus prenant vos repas chez vous.

— C'est pourtant le seul endroit qui me convienne quand je suis à Nashville. Je fréquente suffisamment de restaurants et de snacks pendant mes tournées ! Ici, je me prépare un plateau et je m'installe devant la télévision.

— Vous aurez du mal à me faire croire que vous vous occupez de vos repas tout seul. Vous avez sûrement une cuisinière.

— Certes, mais elle part vers six heures. Compte tenu de mon emploi du temps, je dîne souvent au milieu de la nuit. Tout est prêt. Je n'ai plus qu'à faire réchauffer les plats. Mais je suis assez doué pour la cuisine. A l'occasion, j'aimerais vous prouver mes talents.

L'allusion, par trop directe, la fit rougir. Elle se détourna.

— Vous êtes très aimable... Pour l'instant, je n'ai pas besoin d'aide, reprit-elle.

— Je n'en doute pas mais je voulais laisser Dusty seul avec John ; il est assez habile pour lui faire oublier ses deux derniers albums !

— Espérons-le.

Voyant qu'elle n'arriverait pas à le décourager, elle décida de l'ignorer.

Elle sortit quelques plats et commença à les remplir. Quant à Casey, il ouvrit le réfrigérateur et y prit la salade et le beurre.

— Je le mets dans un ravier ?

— Vous dites ? Ah ! oui, merci.

Comment pouvait-il être aussi à l'aise ? Il ne manquait pas d'audace. Se comporter ainsi chez elle ! Elle n'en revenait pas. Et ce regard qui la troublait infiniment...

Comme elle lui passait un beurrier, leurs doigts se frôlèrent. Elle eut un geste de retrait. Il s'étonna.

— Vous me semblez bien nerveuse...

— C'est à cause de Dusty. Cette soirée a une telle importance pour lui ! Je voudrais que tout soit parfait.

En réalité, la présence de Casey soulevait en elle une étrange émotion qu'elle aurait préféré dissimuler...

— Ce n'est pas votre talent de cuisinière qui pèsera dans la balance. Il y a beau temps que Metcalf ne se laisse plus impressionner par un mets ou un vin. C'est à Dusty de s'imposer. Et je crois qu'il s'en sortira très bien. Je ne l'ai jamais vu aussi en forme, depuis que je le connais.

— Je sais, mais je ne peux pas m'empêcher de m'inquiéter.

Sans plus le regarder, elle emporta les plats dans le salon. A son retour, Casey l'arrêta au passage. Malgré elle, elle leva les yeux sur lui. Il la fixait avec une insoutenable intensité.

— Vous n'avez plus rien à faire ici, dit-il sans pour autant la lâcher.

En même temps, ses mains remontèrent le long de ses manches, se posèrent sur ses épaules. Puis d'un geste tendre, il lui caressa la joue.

— Vous êtes charmante, murmura-t-il. Je voulais vous revoir. C'est la raison pour laquelle j'ai accompagné Metcalf.

Interdite, le cœur en déroute, Cathleen l'écoutait. Partagée entre la crainte et l'espoir, elle ferma les yeux et attendit que leurs lèvres se rapprochent. Avec une infinie douceur, il l'embrassa. Haletante, en proie aux émotions les plus contradictoires et les plus troublantes, Cathleen s'abandonna contre lui.

Resserrant alors son étreinte, il glissa un bras autour de la taille.

— Vous avez un parfum délicieux ! dit-il.

Il abandonnait ses lèvres, pour enfouir son visage dans sa chevelure.

Cathleen frémit. Instinctivement, elle se pressa contre lui et lui offrit sa bouche. Fougueux, il reprit ses lèvres et, avec une ardeur égale, elle lui rendit son baiser.

Quand enfin il s'écarta d'elle, ce fut pour soupirer.

— Si seulement Dusty et Metcalf n'étaient pas là !

42

À ces mots, Cathleen se ressaisit. Mais oui ! Elle venait d'embrasser Casey avec une totale impudeur ! Atterrée, elle le dévisagea un instant et quitta la cuisine précipitamment.

Dans la cour, l'air frais la saisit. Agrippée à la rampe du perron, elle respira profondément.

Comment avait-elle pu perdre ainsi la tête ? Depuis qu'elle avait rencontré Casey, elle avait le cœur à l'envers. Un tel manque de contrôle de soi ! Quelle honte ! Il devait bien rire maintenant.

Cet instant de faiblesse risquait de lui coûter cher. Comment allait-elle pouvoir affronter son père et le patron de la *Sunburst*, sans parler de Casey qui ne manquerait pas de la regarder avec une certaine ironie ? Si Dusty s'en avisait, que dirait-il ?

Pourtant, elle ne pouvait fuir. Elle devait même les rejoindre sans tarder et faire comme si de rien n'était.

Elle rentra en hâte, se regarda dans la vitre de la cuisine, vérifia sa coiffure et rejoignit ses invités, le sourire un peu crispé !

— Le dîner est prêt, papa. Si vous voulez bien passer à table...

Prenant sa fille par la taille, Dusty s'exclama :

— Enfin ! Venez, John. Vous ne le regretterez pas. Cette enfant est une excellente cuisinière.

Durant tout le repas, ignorant Casey qui resta presque constamment silencieux, Cathleen s'efforça de bavarder de tout et de rien. Son père et leurs invités firent honneur à ses talents culinaires tandis qu'elle mangeait du bout des lèvres.

Quand elle débarrassa la table, elle craignit que Casey ne la suive à la cuisine. Ce qu'il s'abstint de faire.

Et elle en fut déçue...

— Te voilà enfin, s'écria Dusty quand elle revint au salon. J'ai dit à John que tu allais m'accompagner.

— Excusez-moi, je suis un peu nerveuse.

— Il ne faut pas, protesta John Metcalf. Nous sommes entre amis.

Dusty prit sa guitare et Cathleen s'assit au piano.

Sans plus se soucier de Casey, elle retira sa veste. Elle fit ensuite quelques gammes pour se délier les doigts et, d'un signe de tête, indiqua à son père qu'elle était prête.

— Par quoi commençons-nous ? demanda-t-il comme s'ils ne s'étaient pas mis d'accord à l'avance. *Dreamer ?*

Elle donna les premières mesures et ensemble ils entonnèrent la ballade ; elle, avec sa voix de soprano ; lui, deux octaves plus bas.

Leur accord était parfait et le résultat si surprenant que Metcalf se redressa dans son fauteuil tandis que Casey s'accoudait sur ses genoux pour mieux entendre.

John écoutait avec attention.

Une oreille aussi avertie que la sienne ne

pouvait rester insensible au talent de Cathleen.
Elle était encore plus douée que ses parents. Sans
doute parce qu'elle réunissait les qualités propres à chacun : l'émotion chez Dusty et la tendresse de Stella.

Pour Casey, son chant évoquait la solitude, la
tristesse, les fins de journées d'automne encore
ensoleillées mais déjà emplies de feuilles mortes.
Metcalf, plus réaliste, comprit le parti qu'il pouvait tirer de ces dons remarquables.

A peine eut-elle terminé qu'elle chercha Casey
du regard. Elle lut, dans ses yeux, une douceur,
une chaleur qu'elle n'y avait encore jamais vues.

La voix de John Metcalf la ramena à la réalité.

— Bravo, Dusty, vous n'avez rien perdu.
Quant à Cathleen, pourquoi ne vous ai-je encore
jamais entendue ? Une telle voix ne se cache pas.
N'est-ce pas, Casey ?

— Je suis de votre avis. Elle a des intonations
très particulières. Vous voulez bien chanter
encore ?

— Non, je vous en prie.

— Voyons, Cathleen, insista son père. Repre-
nons avec *Jewel* et après tu interpréteras ce que
tu veux.

Par tendresse pour Dusty, elle accepta.

Jewel était l'une de ses compositions, écrite
spécialement pour son père, afin de mettre en
valeur ses qualités vocales et émotionnelles. Elle
contait l'histoire de deux esseulés, dans un bar,

qui espéraient retrouver ensemble le chemin du bonheur.

Cathleen guettait avec anxiété la réaction de leurs hôtes. Elle ne fut pas déçue. L'espoir que Dusty fasse une nouvelle carrière semblait s'affirmer.

Quand vint son tour, elle choisit d'interpréter l'une de ses toutes premières créations. Sur le plan technique, la mélodie présentait des difficultés dont elle se joua avec une aisance déconcertante.

Le sourire de Casey la récompensa. Plus qu'admiratif, il trahissait une émotion déchirante. Gênée, Cathleen retourna au piano et accompagna une dernière fois son père.

John Metcalf semblait toujours aussi satisfait, voire enthousiaste. Chez lui, cet état d'esprit s'accompagnait généralement de projets de contrats, d'enregistrements et de calculs de bénéfices.

— J'aimerais chanter avec vous, Cathleen, annonça Casey lorsque Dusty eut terminé.

L'idée ne l'enchantait guère mais elle dut s'incliner devant l'insistance de son père et l'intérêt du patron de la *Sunburst.*

— *Stay with me*? suggéra Casey. Vous connaissez ?

— Bien sûr.

En dépit de la rancune qu'elle nourrissait envers le chanteur, Cathleen savait par cœur tout

46

son répertoire. Elle aurait préféré une autre ballade que celle-ci, trop émouvante à son gré... trop sensuelle, aussi !

Prenant la guitare de Dusty, Casey plaqua quelques accords et commença :

Jeune fille, ne me quitte pas, pas maintenant,
                                    [jeune fille,
Reste avec moi, reste jusqu'à l'aube naissante...

Cathleen enchaîna :

Et je t'apprendrai l'amour, jeune fille,
L'amour qui efface la solitude des nuits.

En chœur ils chantèrent le refrain, mêlant leurs deux voix : elle, émouvante de féminité ; lui, à la fois grave et tendre. Le contraste était unique, étrange, bouleversant.

Pas une seconde Casey ne la quitta des yeux. Envoûtée, Cathleen soutint son regard. Chaque mot, chaque syllabe, chaque son de la ballade lui semblaient destinés. Comme une complainte qu'il aurait inventée pour elle. Et elle lui faisait écho, avec la même ferveur.

— Fantastique ! s'écria Dusty à la dernière note. C'était vraiment très très beau.

— Je n'ai jamais rien entendu de tel, renchérit John Metcalf.

Encore trop émue, Cathleen resta muette. Simplement, elle s'éloigna de Casey, regardant, tour à tour, son père et Metcalf.

— Vous voulez un jus de fruits ? proposa-t-elle finalement.

John Metcalf refusa.

— Non, merci. Nous devons partir, maintenant. J'avoue, mon cher Dusty, que j'étais sceptique en arrivant, mais maintenant je suis prêt à vous faire enregistrer un album. Dites à votre agent de m'appeler demain. C'est toujours...

Cathleen l'interrompit. Elle ne voulait plus entendre prononcer le nom de Joe Siegel.

— Non, c'est Eddy Lambert maintenant, dit-elle.

— Eh bien, qu'il me téléphone ! J'ai une idée. Laissez-moi la nuit pour y réfléchir. Je vous ferai signe.

— Quand vous voulez, John, répondit Dusty.

Il se leva par raccompagner ses invités.

Lorsque Casey tendit la main à Cathleen elle eut un moment d'hésitation. Il ne se laissa pas démonter pour si peu et la prit par les épaules. Un instant, elle crut qu'il allait l'embrasser. Mais il se pencha et effleura son front de ses lèvres. Elle réprima difficilement un frisson.

— Au revoir, ma belle, murmura-t-il. Nous poursuivrons notre entretien une autre fois.

— Casey...

— Chut ! Pas de discussion.

Interloquée, elle le regarda s'éloigner jusqu'à ce que son père referme la porte.

— Quelle soirée ! s'exclama-t-il. Oh ! Ma chérie ! C'est à toi que je la dois. Tu verras, les beaux jours d'autrefois vont revenir. Je te le promets.

— Espérons, murmura-t-elle.

Tout au fond d'elle-même, elle sentit que sa vie venait de changer irrévocablement.

Chapitre 4

Cathleen réglait les derniers détails de la prochaine tournée de Jack Beaudry lorsque le téléphone sonna.

— Je n'ai pas pu attendre pour vous annoncer la nouvelle, lui dit son patron d'emblée, lorsqu'elle décrocha. Je viens de signer un contrat pour vous et Dusty avec la *Sunburst*.

— Pour moi et Dusty? répéta-t-elle, interloquée.

— Fantastique, non? Un seul ennui : je vais devoir me chercher une nouvelle secrétaire! Je passe chez vous prévenir votre père avant de revenir au bureau. Vous avez des messages pour moi?

— Non. Mais Eddy...

— Tout à l'heure. Je suis pressé.

Sans autre commentaire, il raccrocha.

Stupéfaite, elle réfléchit à ce qu'il venait de lui dire. Un contrat pour elle et son père? Qu'entendait-il par là? Que Dusty allait chanter ses chansons? Sans doute. Bien qu'au fond d'elle-même, elle s'interrogeât.

Ses doutes se trouvèrent justifiés, lorsqu'à son retour, Eddy lui expliqua :

— John Metcalf a une excellente idée. Il veut sortir un album avec vous, Dusty et d'autres chanteurs en vogue. Il l'intitulerait *Réunion* ou *Les Vieux Amis.* Les jeunes connaissent à peine votre père. Jack chantera en duo avec lui, Casey aussi. Il est d'accord. Quant à vous, il vous réserve un ou deux solos et quelques duos avec Dusty.

— Moi ? Mais pourquoi ? Mon nom ne fera pas vendre un disque de plus.

— Il paraît que vous avez une belle voix. Vous auriez pu me le dire. Metcalf a été totalement séduit. Emballé, même. Il prétend qu'en fait, l'album restera dans les annales grâce à vous. Lorsque vous êtes ensemble, les faiblesses de Dusty passent inaperçues. Il me semble qu'il ne l'a pas trouvé aussi bon qu'autrefois.

— Il a une voix plus rauque. Mais cela va avec son style, non ? Il n'est pas le seul dans ce cas, que je sache.

— D'accord. Mais vous pouvez vous produire, vous aussi. Que vous arrive-t-il ? Vous réagissez comme si on vous prenait en traître. Bien des gens paieraient cher pour être à votre place.

— Je sais. Et je préférerais nettement qu'on sollicite quelqu'un d'autre. Moi, je ne veux pas enregistrer.

Au comble de la surprise, il se laissa tomber dans un fauteuil.

— Comment pouvez-vous dire une chose pareille ? protesta-t-il. Ce métier finira par me rendre fou ! Vous ne voulez pas... Pourtant, qui ne rêve de faire un disque !

— Ecrire des chansons me suffit. Prévenez Metcalf que je refuse.

Eddy se leva d'un bond.

— Que dites-vous ? s'écria-t-il. C'est de la folie ! Je ne peux pas faire cela ! Vous rendez-vous compte des sommes qui sont en jeu ! Metcalf envisage de vous lancer à grand renfort de publicité. Si vous vous retirez, vous lui coupez l'herbe sous le pied.

— Il s'agit avant tout de Dusty. Moi, je n'ai aucune raison d'être mêlée à cette histoire.

— Pour Dusty seul, il ne fera aucun effort. Vous êtes au cœur de son projet.

— Dusty peut très bien se débrouiller sans moi.

— Peut-être, mais c'est vous qui intéressez Metcalf ! Si vous refusez, il n'y aura pas d'album. Un point, c'est tout. Il vous a entendue, votre talent ne lui a pas échappé. Enfin il pense que vous pouvez être une source de profit. Evidemment, il ne me l'a pas dit aussi nettement mais j'ai senti combien il tenait à votre participation. Vous avez toutes les chances de devenir une grande vedette et il ne veut pas vous rater. S'il donne une chance à Dusty, ce ne sera pas avec autant de moyens.

— En somme, il me met le marché en main. Si je comprends bien, Dusty ne fait plus le poids.

— Les choses ne sont pas aussi simples. Il y a là une occasion à saisir. Metcalf n'a pas imaginé votre refus... Il entend faire d'une pierre deux coups : avec une seule campagne de publicité, il remet Dusty en selle et il vous lance. Il n'engagera jamais autant d'argent uniquement sur votre père. Qui peut savoir si Dusty ne retombera pas dans ses anciennes habitudes ?

— Bien sûr que non ! s'indigna Cathleen. Tout cela est du passé !

— Espérons-le. Mais les risques ne sont pas négligeables.

Cathleen allait répliquer. Finalement elle s'abstint et soupira :

— D'accord. Je m'exécuterai... mais une seule fois et pour Dusty. Ne m'en demandez pas plus.

— Entendu. Ah ! Si on m'avait dit qu'un jour, j'aurais à me battre pour persuader quelqu'un d'enregistrer son premier disque, j'aurais bien ri !

— Eddy, reprit Cathleen, sans se soucier de son commentaire, Casey a-t-il connaissance de ce projet ?

— Absolument. Ils ont dû en parler hier soir en rentrant de chez vous.

Elle était certaine que l'idée venait de Casey. Mais pourquoi ? Cathleen ne put s'empêcher de penser à sa mère et aux relations qu'elle lui prêtait avec Casey. Qu'en était-il vraiment ?

Peut-être Casey en voulait-il simplement à Dusty d'avoir été une vedette avant lui ?

Peu importait du reste. Incontestablement, il la désirait et ne voyait là qu'un moyen d'obtenir ses faveurs. Eh bien ! il allait être déçu ; loin de lui être reconnaissante, elle s'éloignerait de lui, au contraire.

Sans plus insister mais troublé par l'étrange réaction de Cathleen, Eddy s'enferma dans son bureau. De son côté, elle se remit au travail, sans grand enthousiasme et surtout sans parvenir à se concentrer.

Au bout d'un moment, devant son manque d'efficacité, elle songea à rentrer chez elle. Persuadé qu'elle était plus intéressée par son contrat qu'elle ne le prétendait, Eddy la laissa partir.

Cathleen trouva la maison vide. Elle avait espéré que son père serait là pour l'accueillir mais elle dut se contenter d'un petit mot laissé sur la table de la cuisine : Dusty était allé fêter son retour à la chanson, avec Jack.

Fêter... et boire peut-être ? Le cœur de Cathleen se serra. Non ! Jack n'entraînerait jamais son ami sur la mauvaise pente. Quant à elle, elle devrait lui faire confiance, sinon il reprendrait à coup sûr le chemin des bars !

Curieusement, alors que l'idée d'enregistrer un disque ne l'amusait guère, elle était déçue que son père fût allé célébrer l'événement sans elle. Evidemment, il ne savait pas qu'elle rentrerait de bonne heure, sinon il l'aurait attendue.

Pourquoi ce perpétuel besoin d'être avec lui ? Il était guéri, non ? Peu à peu, ils allaient apprendre à vivre chacun de leur côté. D'ailleurs Cathleen ne rêvait-elle pas d'indépendance et de liberté ? Alors pourquoi Dusty n'en ferait-il pas autant ?

Elle alla se changer et redescendit à la cuisine pour se faire un citron pressé, puis feuilleta distraitement un magazine. Quels que soient ses efforts pour l'oublier, ses pensées revenaient sans cesse à Casey.

Comment avait-elle pu être aussi faible avec quelqu'un pour qui elle avait si peu d'estime ? Une fois de plus, elle songea à sa mère. Allait-elle, comme elle, se laisser guider par ses sens plus que par sa raison ?

Fort heureusement, un coup de sonnette la tira de ses réflexions. Quelle ne fut pas sa surprise, en ouvrant la porte, de se trouver nez à nez avec Casey !

Son premier réflexe fut de le jeter dehors mais, puisqu'il était là, autant en profiter pour lui expliquer sa façon de penser.

— Vous ne manquez pas de hardiesse ! s'exclama-t-elle.

— On me l'a déjà dit. Mais que me vaut cette entrée en matière plutôt brutale ?

— Comme si vous ne le saviez pas !

— Non. Je vous le jure.

— Vous avez convaincu John Metcalf de me prendre comme interprète. Il souhaitait vous avoir comme tête d'affiche et vous lui avez mis le marché en main en lui proposant de m'engager... n'est-ce pas ?

— C'est cela qui vous met hors de vous ?

— Je n'ai aucune envie d'enregistrer !

— Je savais bien que vous étiez unique en votre genre ! Mais pourrions-nous discuter de ce problème ailleurs que sur le pas de la porte ?

Avec une mauvaise grâce évidente, elle s'écarta pour le laisser passer. Sans hésiter il se dirigea vers le salon. Décidément, il était partout chez lui, nullement gêné, jamais intimidé. Autrefois, elle considérait cela comme une qualité, maintenant, elle n'y voyait qu'une désinvolture arrogante.

Il s'installa avec décontraction, l'air plutôt narquois.

— Si je comprends bien, vous pensez que j'ai intrigué pour vous permettre de signer votre premier contrat.

— Parfaitement. Et qu'attendez-vous en retour ?

— Devinez !

— Je vois tout à fait ce que vous voulez insinuer.

Il semblait s'amuser beaucoup.

— Alors selon vous, je n'ai de chance auprès d'une femme que si je lui décroche un contrat !

Elle eut soudain conscience d'être ridicule.

— Vous m'exaspérez, s'écria-t-elle.

Aussitôt, il prit un ton plus grave.

— Excusez-moi. Mais vous faites tout pour qu'on ne vous prenne pas très au sérieux. J'étais venu vous inviter à dîner pour fêter votre succès. Mais nous allons d'abord régler ce petit différend.

Il fit une pause avant de reprendre :

— Pour commencer, mes intentions envers vous sont honnêtes et, quoi que vous en pensiez, je ne cherche pas une aventure passagère. Ensuite, je n'ai pas manipulé John Metcalf. Il m'a parlé de cet album et m'a demandé d'y participer. J'ai accepté avec joie. Lorsqu'il a voulu savoir ce que je pensais de vous, je lui ai dit la vérité : vous avez l'une des plus belles voix que j'aie jamais entendues. Il souhaite vous prendre sous contrat ; ce serait fou de ne pas le faire. Je ne mens jamais lorsqu'il s'agit de musique, ma douce, même pour aider quelqu'un que j'aime bien.

Il était sincère et c'était bien cela le plus irritant ! Comment avait-elle été assez naïve pour s'imaginer que Casey se donnerait autant de mal pour elle ! De plus elle savait bien qu'elle avait une jolie voix et elle connaissait assez le monde de la musique et du disque pour comprendre le raisonnement de Metcalf. Il l'avait écoutée avec un intérêt trop évident !

— Eh bien ! Je me suis trompée, admit-elle. Mais je ne veux pas m'engager dans cette voie.

— Refusez !

— C'est ce que j'ai fait. Si vous aviez vu la tête d'Eddy !

— Vous n'alliez pas chanter simplement pour lui faire plaisir !

— Non, mais il prétend que Metcalf ne prendra pas Dusty si je n'accepte pas ses conditions. Vous croyez que c'est vrai ?

— Je ne sais pas. C'est possible. Il est méfiant à propos de votre père. Quand il s'agit de bénéfices ou de pertes, Metcalf a une mémoire d'éléphant. Comment oublier que les derniers disques de votre père ont été des gouffres financiers ? Metcalf n'est même pas rentré dans ses frais ! Tout le monde perd de l'argent un jour ou l'autre mais, malheureusement pour Dusty, il a été le dernier d'une longue série noire. Ses disques se vendaient de plus en plus mal. Même les admirateurs les plus passionnés ne se laissent pas duper longtemps.

— Donc Eddy a raison.

— Probablement. Vous avez finalement accepté ?

— Hélas !

— Bravo !

— Vous parlez comme Eddy...

Il y avait une pointe d'amertume dans sa voix.

— Et ce dîner ? reprit-il.

— Dusty n'est pas là.

— Ce n'est pas lui que j'ai invité.

— Mais moi je n'ai rien à fêter !

— Dans ce cas, disons qu'il s'agit d'une petite récréation.

— Soyons clairs. Je ne sortirai jamais avec vous.

— Voilà qui est définitif ! Mais quel est le problème, si je ne suis pas trop indiscret ? Dès que je suis dans les parages vous êtes effarouchée comme une biche aux abois. Vous baissez les yeux, vous ne voulez pas me regarder en face ; je vous fais peur ? Serait-ce mon âge qui vous inquiète ?

— Ne soyez pas ridicule. Je sais bien que vous n'avez qu'une trentaine d'années.

— Trente-trois pour être précis.

Il lui prit la main et la porta à ses lèvres.

— Vous sentez bien, vous aussi, qu'il se passe quelque chose entre nous.

— Pas du tout, protesta-t-elle, bien que la douceur de sa bouche l'ait fait frémir.

— Vous croyez !

Un instant il leva sur elle ses yeux rieurs, lui baisa la main à nouveau, attardant ses lèvres sur son poignet.

— Casey, je vous en prie, gémit Cathleen, les yeux fermés et infiniment plus troublée qu'elle n'aurait souhaité.

Il s'assit par terre, l'attira sur ses genoux et la serra dans ses bras.

— Ne craignez rien, je ne voudrais pour rien au monde vous blesser, promit-il.

Sa main glissa jusqu'à sa gorge tandis que ses lèvres s'aventuraient sur sa joue, sur sa bouche qu'il prit doucement d'abord, puis avec une passion de plus en plus dévorante.

Elle aurait voulu l'ignorer, se dégager mais se sentit sans forces.

Il ne l'abandonna un instant que pour reprendre souffle et ouvrir son chemisier. Sa jeune poitrine pointait délicieusement. Il en fut tout ébloui.

Il se rejeta en arrière, entraînant Cathleen avec lui. L'idée de découvrir ce corps de rêve lui sembla soudain follement exaltante. Tandis que ses doigts caressaient ses épaules nues, elle tressaillit. Il la vit peu à peu s'éveiller à son désir.

Enivrée par ses baisers, Cathleen, soudain, gémit de plaisir.

Le son de sa voix la ramena alors à la réalité et elle se dégagea, non sans mal, de cette étreinte brûlante.

— Casey, non, protesta-t-elle.

Il se rassit, eut un soupir de déception.

— Oh! Cathleen! Qu'y a-t-il? Que cherchez-vous?

— Ce que je cherche...

Indignée, elle ne trouva rien à lui répondre.

— Vous êtes vraiment...

— Un vil séducteur? On dirait vraiment une scène de mauvais western!

Devant son air furieux, il se mit à rire de bon cœur.

— Ravie de vous distraire !

— Ce n'est pas le mot qui convient. Je serais plutôt désappointé. J'essaie de me conduire avec toute la délicatesse voulue mais...

— Vous rêvez !

— Je voudrais comprendre. Vous fondez dans mes bras et une seconde plus tard vous vous débattez et m'insultez comme si je voulais attenter à votre vertu ! Que vous ai-je fait ? Pourquoi ce ressentiment depuis tant d'années ?

— Vous le demandez ? Je m'en veux d'être aussi faible envers vous alors que vous avez trompé Dusty, lui qui vous a tant aidé !

— De quoi parlez-vous, au juste ? Vous revenez toujours au passé, à ces stupides scènes de jalousie, ces injures et toutes ces sottises...

— Je parle de l'aventure que vous avez eue avec ma mère !

Il la dévisagea un moment, interloqué, et partit d'un grand éclat de rire.

Blessée au plus profond d'elle-même, elle se détourna pour lui cacher ses larmes.

— Sortez ! Allez-vous-en. Je... je vous... hais ! hurla-t-elle.

Dans sa hâte à quitter la pièce, elle faillit se jeter contre la porte.

— Ne vous sauvez pas si vite, petite fille, pas sans me permettre de vous expliquer.

— Qu'y a-t-il à expliquer ? Vous riez alors que vous avez fait le malheur de l'homme à qui vous devez votre carrière ?

— Ainsi, soupira-t-il, vous avez vraiment cru aux mensonges de Dusty ? Je pensais que vous aviez plus de bon sens, même à seize ans.

— Vous niez toujours l'évidence ?

— Il ne s'est rien passé entre votre mère et moi ! Comment avez-vous pu être aussi crédule ? Dusty ment comme il respire, quand il a bu. Vous devriez le savoir. Ivre, il ne sait absolument plus ce qu'il dit. Or il n'a cessé de l'être pendant neuf ans !

— Comment osez-vous ? Vous l'avez trahi, bafoué !

— Pas le moins du monde. Depuis longtemps déjà, toutes ses paroles n'étaient que mensonges. Combien de fois ne m'a-t-il pas agressé ? Il m'accusait avant même que Stella ne le quitte. Je piétinais ses plates-bandes, répétait-il, inlassablement. Et il ajoutait que, sans lui, je n'étais rien !

Il soupira.

— Je l'aimais, Cathy. Réellement. Profondément. Il était un peu mon père. Je lui parlais comme je ne l'ai jamais fait avec personne d'autre. Au début, il était gentil, généreux. Il aimait la musique. Nous improvisions pendant des heures. Et puis tout à coup, il a changé. Je n'ai jamais su ce qui s'était passé. Il m'insultait, me provoquait...

Haletant, il se passa la main dans les cheveux puis fixa Cathleen, longuement sans un mot de plus.

Il était sincère, cela se voyait. Elle le sentait. Mais elle ne voulait pas le croire. Ses révélations la bouleversaient...

— J'ai vu la façon dont vous regardiez Stella. Vous l'aimiez.

— Oui. Follement. Elle était belle, désirable et drôle. Sa voix m'enchantait. Elle pouvait être odieuse, diabolique même, mais je m'en moquais, j'étais fasciné !

Cathleen sentit les larmes lui monter aux yeux. Pourquoi lui était-il si pénible de l'entendre avouer son amour pour Stella ? Ce n'était pas une surprise !

Casey continuait :

— Je n'ai jamais rien tenté auprès d'elle. Jamais je ne l'ai approchée ou embrassée. Quel que fût mon désir, je ne pouvais trahir Dusty. Il était mon ami. Même si vous avez du mal à le croire, j'ai des principes.

Cathleen ferma les yeux. Le monde basculait soudain. Son père avait menti ! Là aussi ! Casey était l'une de ses nombreuses victimes. Elle aurait aimé exprimer ce qu'elle ressentait au fond d'elle-même.

— Vous ne voulez pas l'admettre, n'est-ce pas ?

insista Casey. Vous préférez croire que votre père n'est pas responsable de son échec. Pourtant Stella et Dusty n'avaient besoin de personne pour faire de leur mariage un enfer. Ils s'en chargeaient très bien tout seuls. Maintenant, je pense que je ferais mieux de m'en aller, ajouta-t-il, après un long silence.

Elle tourna vers lui son visage ruisselant de larmes.

— Oui, dit-elle, j'ai... besoin d'être seule.

Un sourire triste aux lèvres, il s'éloigna sans un mot de plus.

Chapitre 5

Après le départ de Casey, Cathleen demeura prostrée un long moment. Comment avait-elle pu être aussi naïve ? Toutes ces années passées avec Dusty ne lui avaient donc pas appris à le connaître ? Elle avait accepté sa version des faits sans chercher à en savoir davantage.

Ainsi, elle avait haï Casey sans l'ombre d'une raison ! Elle aurait pu s'éviter cette peine. Elle l'avait insulté et fui pour rien. C'était insoutenable, comme si on l'avait privée, à tort, d'une part essentielle de la vie.

Une réflexion de sa sœur lui revint à la mémoire. Lynette avait prétendu qu'elle s'était laissé aveugler par sa passion d'adolescente. Peut-être avait-elle été mortifiée par le fait qu'il en aime une autre plutôt que par sa trahison envers Dusty. En ce cas, elle aurait été victime de sa jalousie. Comment expliquer autrement son attitude envers Casey ?

Le bruit de la porte de la cuisine l'arracha à ses pensées. Son père, probablement. Pourrait-elle le regarder en face ? Il le fallait. D'ailleurs il n'était pas responsable de cet horrible malentendu. Elle avait toujours su qu'il mentait.

D'un pas nonchalant, il entra dans le salon.

— Cathleen ! s'écria-t-il, tu ne viens pas

embrasser ton vieux père ? Nous voilà de retour dans le métier !

— Toi ! Moi, je commence à peine.

— Il ne te faudra pas longtemps pour arriver au sommet. Je m'y connais, tu sais. Je ne me suis trompé ni avec Stella ni avec Casey.

— A propos de Casey...

— Oui ?

Il se rapprocha, la regarda et fronça les sourcils.

— Tu as des ennuis avec lui ?

— Non. Il est venu et nous avons bavardé. J'ai une question à te poser. J'espère que cela ne t'ennuie pas...

— Il paraît que j'ai appris à me dominer. Je t'écoute.

— Quand Stella t'a quitté, tu m'as laissée entendre que Casey était responsable. Etait-ce bien la vérité ?

Il se laissa tomber sur une chaise avec un soupir.

— A cette époque, je le pensais, avoua-t-il. Je ne supportais pas de perdre Stella et je ne voulais pas admettre que c'était de ma faute. Casey était fou d'elle et il ne dépendait que de lui qu'elle le suive... Je me suis leurré, volontairement. Je voulais absolument me convaincre qu'elle me quittait pour lui.

L'air gêné, il leva les yeux vers sa fille.

— Tu m'en veux, reprit-il. En réalité, Casey n'a

pas trahi ma confiance. Au contraire de moi, il n'a jamais sourcillé. Jamais il ne se serait permis quoi que ce soit envers ma femme. Stella a bien des défauts mais elle ne ment pas. Je l'ai interrogée. Rien entre eux, a-t-elle affirmé. Or elle n'a pas nié ses autres aventures.

— Alors pourquoi as-tu toujours prétendu le contraire ?

— Je viens de te le dire. Et puis, j'avais peur de te perdre. D'une certaine manière, j'étais sincère. Je cherchais un responsable. J'en avais un en la personne de Casey. Cela arrangeait tout, pour toi comme pour moi. J'ai eu tort. Je t'ai éloignée de ta mère...

— Non. Nous n'avons jamais été très proches, tu le sais bien ; Lynette était sa fille et moi la tienne. En revanche, je ne lui ai jamais pardonné son départ. Peu importait la raison.

— Merci, ma chérie. Tu es gentille, comme toujours. La première fois que tu m'as souri, j'ai su que tu serais le bonheur de ma vie. Et j'ai ruiné ton existence !

— Mais non ! protesta-t-elle, prête à couper court à toute velléité de remords.

Elle avait tant détesté ces scènes au cours desquelles, lorsqu'il était ivre, son père battait sa coulpe et s'accusait d'avoir gâché la vie de sa fille. Allait-il recommencer ?

— Ne t'inquiète pas, Cath, dit-il, comme s'il avait deviné ses craintes, je ne vais pas me frapper la poitrine. Mais je suis bien obligé de regarder la vérité en face, de temps à autre. Au lieu de sortir et de t'amuser comme toutes les jeunes filles de ton âge tu as passé ta jeunesse à t'occuper de moi.

Elle eut un petit sourire.

— Ce n'est pas un si mauvais choix !

— Je suis content que John fasse appel à toi. Je peux ainsi m'acquitter de ma dette. Avec cet album tu vas démarrer en flèche.

— Mais je n'ai pas tellement envie de chanter.

— Allons ! Avec cette voix, tu te dois au public. Tu seras plus populaire que ta mère ou moi. Quand tu étais petite j'aurais aimé te donner la lune... D'autres se chargeront de t'apporter ce que je n'ai pu t'offrir... à commencer par toi-même. Avec ta voix, tu as toutes les chances. Elle me rappelle celle de ma mère. Une merveille !

— Ta mère ? En fait, je ne sais rien de tes parents. Nous ne les avons jamais vus.

— Ma mère était un amour. Je crois qu'elle est morte de chagrin. La première fois que je suis rentré ivre, je lui ai brisé le cœur. Un an plus tard, elle a dû penser, avant de s'éteindre, que nous courions au désastre, mon père et moi.

— Et alors ?

— Mon père était un alcoolique invétéré. Jamais il ne s'occupait de moi. Je m'étais juré de ne pas lui ressembler. Et pourtant !

— Mais tu as été très gentil ! Tu jouais avec

68

nous et nous chantais des chansons tous les soirs.

— Quand j'étais à la maison, corrigea-t-il. Et à jeun...

— Peu importait. Lynette et moi savions que tu nous aimais.

Emue, elle le prit dans ses bras.

— Je t'aime, tu sais, papa.

— Moi aussi, ma chérie, répondit-il au bord des larmes. Mais pourquoi évoquer d'aussi tristes souvenirs alors que nous devrions être fous de joie ?

Il se leva et l'attira près de lui.

— Je me sens un peu bizarre sans un verre à la main pour fêter notre contrat.

Il fit alors mine de trinquer.

— A notre succès, dit-il joyeusement.

Ne pouvant résister à son sourire, Cathleen l'imita.

— A notre succès ! approuva-t-elle.

Un mois s'écoula sans que Cathleen revît Casey. Plus le temps passait, plus elle avait honte de s'être ainsi méprise sur son compte. Elle aurait dû lui faire des excuses mais chaque fois qu'elle songeait à l'appeler, elle finissait par y renoncer de peur de s'exposer à son ironie.

De plus, elle redoutait de succomber encore une fois à son charme. Lui ne chercherait sans doute qu'à se distraire, mais elle ? Ne sortirait-

elle pas de cette aventure, totalement désespé-
rée ? Pouvait-il en être autrement avec un homme
tel que lui ?

Tôt ou tard, au studio, elle le rencontrerait à
nouveau. Il serait bien temps, alors, de lui dire
combien elle regrettait son attitude passée.

En attendant, elle ne cessait de penser à lui, à
ses mains caressantes, à ses baisers de flamme, à
son sourire, à sa voix traînante... Pourquoi l'avoir
jugé si mal et si vite ? Quelque chose de merveilleux aurait pu naître entre eux. Peut-être...

Cathleen continua pendant deux semaines à
travailler chez Eddy Lambert, le temps qu'il lui
trouve une remplaçante. Elle quitta son emploi
avec regret. D'une certaine manière, elle avait
pris goût à l'organisation des tournées.

Mais elle avait besoin de temps pour aider son
père à préparer son enregistrement. Elle le faisait
répéter, l'accompagnait au piano et chantait en
duo avec lui. Une avance sur contrat la mettrait
momentanément à l'abri des soucis matériels.

Elle écrivit aussi de nouvelles chansons, en
misant sur le succès de son premier enregistrement.

Plus les jours passaient, plus elle oubliait ses
réticences et se réjouissait de l'opportunité qui
lui était offerte. Elle avait beau avoir grandi dans
le monde de la musique et des disques, elle n'y
avait encore pris aucune part réelle et elle com-

mençait à comprendre qu'elle tenait peut-être la chance de sa vie.

Elle avait plus envie de composer que de chanter mais cette première expérience ne se renouvellerait pas forcément. Et, en tout cas, elle en tirerait profit pour ses futures chansons. Au moins, sur le plan technique.

John Metcalf ne perdit pas de temps. Quelques semaines seulement après leur rencontre, il convoqua Dusty pour une première audition. Plus anxieuse que lui, Cathleen l'accompagna jusqu'au studio.

Quand elle revint le chercher, radieux, il lui raconta tout dans les moindres détails.

Elle ne se lassait pas de l'écouter. A nouveau, il était dans son élément ! Grâce à Casey ; ce qui était vraiment très généreux de la part de cet homme que Dusty avait tant dénigré.

Ce même après-midi, ils touchèrent leur avance. Aussitôt Dusty alla s'acheter une voiture. Ils en avaient besoin, certes, mais une somptueuse Cadillac ne semblait pas indispensable. Cependant son père n'en démordit pas. C'est à peine si elle put l'empêcher de se commander un minibus, aménagé sur mesure et à prix d'or pour ses prochaines tournées.

Après quoi Dusty courut chez son tailleur afin de se refaire une garde-robe pour la ville et une pour la scène. Il insista pour que sa fille suive son exemple. Elle ne céda pas, préférant mettre un peu d'argent de côté pour d'éventuels jours moins heureux.

Quarante-huit heures plus tard, ce fut au tour de Cathleen d'être sur la sellette. Au bras de son père, mais le cœur battant la chamade, elle pénétra dans l'immeuble de la *Sunburst*. Dusty la présenta à tous les techniciens ainsi qu'aux musiciens qu'ils croisèrent dans les couloirs.

Dans le studio, ils retrouvèrent l'orchestre qu'avait réuni Dusty. Dans ses rangs Cathleen aperçut deux anciens compagnons de son père : Jim Sargent et Vern Holscher. Elle aurait préféré ne pas les voir là. Tout ce qui pouvait lui rappeler le passé de son père l'angoissait.

A sa grande surprise, Casey était présent, lui aussi. Elle savait bien qu'elle finirait par le rencontrer. Mais elle aurait vraiment préféré un tout autre moment !

— Bonjour Cathleen, dit-il, dès qu'il la vit. Comment vous sentez-vous ?

— J'ai le trac.

— Tout ira bien, vous verrez. Souvenez-vous, vous avez la plus belle voix que j'aie jamais entendue.

— Merci !

Elle hésita, cherchant comment formuler sa question pour ne pas paraître indiscrète.

— Vous êtes venu écouter Dusty ?

— J'ai terminé mon solo il y a une heure et je suis resté pour notre duo. Vous voulez passer la première ou vous préférez que Dusty et moi commencions ?

— Oui, vous d'abord. J'écouterai de la cabine.

— Parfait.

— On y va ! annonça le producteur.

Tout le monde s'installa ; les musiciens devant leurs pupitres ; les techniciens derrière leurs innombrables manettes ; Dusty près du micro et Casey, à ses côtés, avec sa guitare qu'il accorda longuement de ses doigts fins et déliés... Ses doigts, dont la vue troublait Cathleen au plus profond d'elle-même.

Lorsqu'il s'aperçut qu'elle le fixait, il la gratifia d'un sourire auquel elle répondit avec joie.

De la cabine, elle le vit parler à Dusty et rire de bon cœur. L'éclat de ses dents contrastait superbement avec sa barbe noire ; ses yeux étincelaient. Cathleen frissonna au point qu'un technicien, qui n'avait rien perdu de la scène, lui fit un signe de connivence.

Qu'avait donc Casey pour être aussi attirant ?

Ses traits n'avaient rien d'extraordinaire, mais il avait un charme fou auquel aucune femme ne résistait. Et il les aimait toutes ! Il n'était que de voir la manière dont il leur souriait, leur parlait ou les écoutait.

Ils commencèrent par un ancien succès de Dusty, le seul de l'album, l'unique lien avec le passé que la nouvelle interprétation des deux chanteurs, réunis pour la première fois depuis plus de dix ans, mettrait au goût du jour.

Une sorte de séance d'improvisation précéda l'enregistrement. C'était la coutume au royaume de la *country music*. Il y avait la partition, certes, mais chacun était libre d'y apporter des variations.

Cette nouvelle version plus rythmée que l'originale fut aussitôt adoptée. La batterie, très présente, soutenait allègrement les voix de Dusty et de Casey.

Cathleen les écouta avec tant de passion qu'elle en oublia momentanément son anxiété. Mais lorsque le producteur se déclara satisfait et qu'on rouvrit les portes du studio, sa gorge se noua.

Prenant sur elle, elle alla féliciter son père et Casey.

— Vous avez été fantastiques, dit-elle, le plus sincèrement du monde.

— Merci, ma chérie. C'est à toi maintenant. Tu es prête ?

— Bien sûr.

Casey s'étira, fit quelques exercices pour se détendre et rangea sa guitare.

Sans la regarder, il lui demanda :

— Vous allez chanter maintenant ?

— Oui. D'abord avec Dusty et ensuite seule.

— Le même air que l'autre soir ?

— Non, c'est trop compliqué.

Son père s'étant éloigné, elle prit son courage à deux mains, et ajouta :

— J'aimerais vous parler... tout à l'heure.

Intrigué, il la dévisagea.

— Très bien. Je pensais rester pour vous écouter. Je pourrais vous raccompagner, si vous voulez. Dusty rentre en même temps que vous ?

— Non, il voudrait enregistrer une dernière chanson, après moi.

L'idée d'être seule avec lui dans l'espace réduit d'une voiture ne lui souriait qu'à demi. Mais, en fait, le trajet n'était pas très long et Casey serait bien obligé de garder les mains sur le volant...

Evidemment elle aurait pu lui faire des excuses tout de suite. Mais il y avait trop de monde autour d'eux ; elle ne voulait pas prendre le risque d'être entendue.

Comme pour lui donner raison, Vern Holscher s'approcha et la prit familièrement par les épaules. Elle aurait voulu s'esquiver. Elle détestait cet homme prétentieux qui avait toujours exercé sur son père une influence néfaste.

— Salut, fillette, dit-il ; il y a bien longtemps qu'on ne s'est vus.

Gênée par sa familiarité, elle lui répondit à peine. Casey restait impassible. Pourquoi se serait-il ému, d'ailleurs ? Il l'avait embrassée deux fois mais n'y songeait probablement plus. Indifférent à ce qui l'entourait, il quitta le studio.

Peu après, Cathleen réussit à s'esquiver à son

tour. Elle profita des quelques minutes de pause avant l'enregistrement pour aller chercher un verre d'eau : sa gorge se desséchait alors qu'approchait l'instant fatidique !

De retour dans le studio, elle prit place derrière les micros, à côté de Dusty qui conduisait l'improvisation préliminaire.

Il s'agissait d'une de ses compositions mais elle n'intervint pas, convaincue que les musiciens étaient plus experts qu'elle dans ce domaine.

Un instant, son regard erra en direction de la cabine. Debout, derrière la vitre, Casey lui souriait. Cet encouragement muet l'aida à ne pas trop céder au trac.

— Prête ? demanda Dusty.

Elle hocha la tête en signe d'acquiescement.

L'orchestre donna les premières mesures, Dusty enchaîna, et soudain Cathleen eut la sensation que pas un son ne sortirait de sa gorge. Pourtant, dès que son père lui fit signe, elle se mit à chanter sans plus penser à rien d'autre. Elle parvint au terme de cette première épreuve avant même d'en avoir pris conscience.

Manquant d'expérience, elle n'avait pu donner d'emblée le meilleur d'elle-même.

La seconde prise fut plus brillante et la troisième, pour ainsi dire, parfaite.

Elle aborda son solo avec plus de décontraction. Elle osa même quelques remarques. Puis elle reprit le micro avec assurance.

Du premier coup, elle avait réussi, elle en était certaine. Cependant, il y eut deux autres essais. L'enjeu était important. On choisirait le meilleur accompagnement pour le mixer ensuite avec sa voix.

L'enregistrement terminé, Cathleen descendit de son tabouret et s'aperçut qu'elle tenait à peine sur ses jambes. La tension avait été trop forte : elle se sentait complètement épuisée... Mais folle de joie !

Elle embrassa son père et remercia chacun des musiciens ; elle allait sortir lorsque Casey vint au-devant d'elle, les bras tendus. Elle s'y précipita.

— Vous avez été merveilleuse, lui dit-il à l'oreille.

Partagée entre le rire et l'envie de pleurer, elle oublia tout en un éclair : le trac, la fatigue, le lieu, pour ne plus se souvenir que de Casey, de sa chaleur, de son parfum, du plaisir qu'elle éprouvrait à être contre lui, à sentir les battements de son cœur.

Soudain, dans un éclair de lucidité, elle comprit qu'en se jetant ainsi à son cou, elle venait de se trahir...

Chapitre 6

Aussitôt consciente de son erreur, Cathleen s'écarta ; leurs regards se croisèrent ; celui de Casey, suffisamment éloquent, exprimait son désir. Dieu merci ! En public il n'oserait pas l'embrasser.

— Je parierais que *Dreamer* sera le grand succès de ce disque, dit-il simplement.

— Mais non, protesta-t-elle. C'est vous qui êtes connu... Dusty aussi... mais moi...

— Le public se trompe rarement. Vous verrez.

Cathleen avait du mal à le croire mais il était plus expert qu'elle en la matière ; elle n'insista pas.

— Si vous voulez, on peut partir, suggéra-t-elle.

— Entendu.

Lorsqu'il la prit par le bras, elle réprima vite un frisson et se tourna vers son père.

— Je m'en vais, annonça-t-elle. Casey me raccompagne.

— Très bien. A tout à l'heure.

Tout en descendant vers le parking, ils échangèrent leurs impressions de l'après-midi.

— Vous n'aimez pas beaucoup Vern, on dirait ?

— En effet. Et vous ?

— Mon goût pour les faux jetons est assez limité !

— Que lui reprochez-vous ? Vous n'avez pas un père qui subit sa désastreuse influence.

— Je me raconte peut-être des histoires mais j'ai l'impression qu'il ne s'est pas contenté d'entraîner Dusty à boire. Il lui a aussi souvent monté la tête et l'a encouragé à mentir. Un jour, Dusty me harcelait pour savoir ce que j'avais fait le soir précédent. Il était persuadé que j'étais sorti avec Stella. J'ai refusé de répondre. Ses questions m'exaspéraient.

Vern qui nous écoutait a susurré : « Tu vois, qu'est-ce que je te disais ?... »

Casey continua :

— A ses débuts, Dusty a beaucoup soutenu Vern mais sans résultat ; s'il possède quelque talent il n'a pas l'étoffe d'une vedette. Surtout, en scène, où il n'a aucune présence. Peut-être m'en veut-il de mes succès ?

Ils restèrent un moment silencieux. Cathleen ne savait comment faire pour expliquer son attitude, lors de leur dernière rencontre. Elle craignait par-dessus tout de se heurter à son ironie.

— Casey... commença-t-elle enfin.

— Oui ?

— Je voudrais... Pardonnez-moi... Ce que j'ai dit sur vous et Stella...

Surpris, il la regarda.

— Accepteriez-vous ma version des faits ?

— Oui. Dès que vous m'avez expliqué, je n'ai plus douté... Mais j'étais trop bouleversée pour vous le dire. Je suis navrée de vous avoir méconnu et mal jugé. Ce n'était pas très généreux de ma part. Peut-être avais-je besoin de quelqu'un à blâmer... quelqu'un d'autre que mes parents...

Il ne répondit pas tout de suite. Le cœur de Cathleen se serra. Refusait-il ses excuses ?

— Ce n'est pas grave, finit-il pas dire. Je ne vous en veux pas. Vous étiez une petite fille et vous avez cru votre père ; normal !

— Merci... mais cela ne justifie pas dix ans de rancune. Je suis vraiment confuse. Sans doute me suis-je laissé abuser parce que j'aimais trop mon père.

— Quand les choses vous touchent de trop près, on perd toute objectivité... Lorsque j'ai divorcé j'ai perdu tout jugement. C'est encore pire pour un enfant.

— Je vous remercie de votre compréhension.

— Cela ne m'est pas venu d'un seul coup. Il m'a fallu du temps. Que vous ayez pu me croire capable d'une telle trahison envers Dusty m'a blessé... beaucoup plus que je ne m'y attendais. Je m'étais même mis en tête que vous ne me croiriez pas.

Il lui caressa doucement la main et reprit :

— Je m'étais interdit de vous faire signe.

80

Pourtant j'en mourais d'envie... Je suis très content de vous avoir convaincue.

Il la regarda alors avec une telle insistance qu'elle se sentit émue jusqu'au fond d'elle-même.

— Maintenant que nous sommes amis, dit-il, nous pourrions dîner ensemble... pour fêter vos premiers pas dans la chanson ?

Un instant, elle fut tentée d'accepter. Mais si elle passait la soirée avec lui, c'en était fini de la tranquillité. Jamais elle n'avait connu semblable combat intérieur. Elle se jeta sur le premier prétexte venu :

— Je ne peux pas aller au restaurant dans cette tenue !

— Qu'à cela ne tienne ! Je vous ramène et vous vous changez. Auriez-vous peur de moi ? Je me suis montré un peu trop empressé, la dernière fois, mais je vous promets que je n'aurai ce soir que des égards pour vous.

Comme elle hésitait encore, il reprit :

— Cathleen, je suis navré de vous avoir effarouchée. Ce n'était pas prémédité. Je vous jure que cela ne se reproduira plus. Alors ? Qu'en dites-vous ?

— Vous devez me trouver puérile.

— Quelquefois, mais pas toujours. Souvent, au contraire, vous êtes d'une maturité étonnante. J'en oublie votre âge.

— Qu'entendez-vous par là ?

— Difficile à expliquer. Cette assurance, cette

tranquillité... Même aujourd'hui, alors que vous enregistriez pour la première fois de votre vie!

— J'ai été élevée dans le métier.

— Il n'y a pas que cela. Vous prenez toujours tout en main ; vous et les autres.

— Je suis autoritaire ? C'est ce que vous voulez dire ? ajouta-t-elle en riant.

— Non. Mais vous semblez avoir plus d'expérience de la vie et des êtres que n'importe lequel d'entre nous. A vingt-cinq ans, c'est remarquable.

— Vingt-six, corrigea-t-elle.

Songeuse, elle ajouta :

— Vous avez peut-être raison. Avec des parents comme les miens, j'ai appris à vivre de bonne heure. J'étais celle qui devait prévenir les catastrophes! Stella et Dusty n'avaient pas beaucoup de sens pratique...

— J'imagine.

— Et comme j'en ai plus que Lynette...

— Somme toute, vous avez eu une enfance difficile.

— Je ne sais pas. Je ne me suis jamais posé la question.

— En général, les enfants ne rappellent pas à leurs parents leurs rendez-vous, ils ne donnent pas d'ordres aux domestiques, n'ont pas les horaires des gens du spectacle et ne côtoient pas de célébrités.

Et surtout, pensa Cathleen, ils ne s'occupent

82

pas d'un père alcoolique ou ne sont pas témoins de terribles scènes de ménage !

— Quant à votre vie privée... je suppose que vous êtes très sage, reprit Casey.

— En tout cas, je n'ai jamais rencontré quelqu'un comme vous.

— C'est-à-dire ?

— Vous me comprenez parfaitement ! répliqua-t-elle vaguement agacée. Vous êtes un homme tellement... mondain.

— Sophistiqué, moi ! Avec mes éternels jeans et mes chemises à carreaux !

— Il ne s'agit pas de cela. Vous vous adaptez à toutes les situations, à tous les milieux. Vous êtes allé partout. Vous connaissez tout. Vous avez de l'expérience et du charme. Ne vous moquez pas ! C'est vrai et vous le savez.

— Si vous le dites...

— Casey ! je vous en prie ; ne compliquez pas la situation. Vous avez l'habitude de femmes infiniment plus... évoluées que moi, plus à l'aise... Sans doute attendez-vous ce que je ne suis pas en mesure de vous donner.

— Je ne vous fais pas passer un examen ! Vous me plaisez telle que vous êtes. Croyez-moi, je vous en prie. Dînons ensemble.

Elle hésitait toujours.

— J'ai toujours évité les gens de la *country music*.

— Faites une exception.

— Je ne sais si je dois prendre ce risque. Avec vous, je me sens très vulnérable.

— Que de faux-fuyants ! Sortez avec qui vous plaît. Soyez plus simple, plus confiante, surtout.

Elle serra les dents. A l'entendre, elle semblait stupide.

— Je ne veux pas ressembler à mes parents, répliqua-t-elle avec entêtement.

— Ah ! Epouser un homme qui ne soit pas chanteur, pour vous, c'est une garantie d'échapper au divorce.

— Pas forcément, mais...

— Cathleen, vous me surprenez. Auriez-vous peur de vous engager ?

— Que voulez-vous dire ?

— Vous paraissez terrifiée à l'idée de suivre vos penchants naturels. Allez-vous continuellement étouffer vos sentiments ?

... Ils étaient arrivés. Casey gara la voiture devant chez elle. Le regard perdu dans le lointain, elle demeura silencieuse. Avait-il raison ? Ses propos l'avaient touchée.

Elle tourna la tête vers lui.

Lorsqu'il vit ses yeux étonnés et inquiets il eut un regard tendre et lui caressa les cheveux.

— Je suis désolé, dit-il, je n'aurais pas dû vous parler ainsi. J'étais déçu et je me suis laissé aller.

— Vous savez, avec vous, je perds tous mes moyens... C'est irritant.

84

— Cathleen, ne craignez rien. Je souhaite simplement passer une soirée avec vous. Entendu ?

— Entendu, répéta-t-elle avec son plus charmant sourire.

Elle entra dans le jardin et fit le tour de la maison.

— J'espère que cela ne vous ennuie pas de passer par-derrière, dit-elle.

— Pas du tout.

Un sourire effleura les lèvres de Cathleen. Ses préventions contre Casey fondaient à une allure inquiétante.

Dans la cuisine, elle lui demanda.

— Vous voulez boire quelque chose ? Jus de fruits, soda ? Nous n'avons ni bière ni alcool.

— Donnez-moi ce que vous avez. Ce sera parfait.

Tandis qu'elle sortait deux verres et du soda, il s'assit et la regarda tranquillement aller et venir.

— Quelle réussite, cet enregistrement ! s'exclama-t-il. J'étais très impressionné.

— Vraiment ?

— Je ne triche jamais lorsqu'il s'agit de musique.

— J'avais tellement peur d'oublier les paroles !

— Vous aviez le texte sous les yeux.

— Oui, mais j'étais incapable de le lire.

— Vous sembliez très calme, pourtant.

— Je dois être bonne comédienne.

— La première fois que j'ai enregistré à la

Sunburst, mes genoux tremblaient. J'avais une peur affreuse... Mais c'est une expérience intéressante ! Cela vous a plu ?

— Une fois le trac passé, oui. J'aime chanter. Et c'est exaltant d'enregistrer.

— Attendez d'avoir un vrai public !

— A en juger par l'état dans lequel j'étais, je me demande si c'est souhaitable.

— Tôt ou tard, il faudra pourtant bien que vous affrontiez les foules.

— Je sais. Eddy organise une tournée. Je ne laisserai pas tomber Dusty, mais je le ferai la mort dans l'âme. Je ne suis pas encore montée sur une scène. Je vais me sentir perdue.

— Il vous suffira de sourire et tout ira bien. On ne vous a jamais dit que vous aviez un sourire à damner un saint ?

— Jamais, non, admit-elle en riant.

— Pourtant, rien n'est plus vrai. Le premier jour, à la *Sunburst,* j'en suis presque tombé à la renverse...

— Je vous en prie !

— Je suis sérieux, je vous jure. Souriez et le public vous portera aux nues.

Il la dévorait du regard, et commençait à regretter de lui avoir fait des promesses... inconsidérées...

— Casey !

— Je sais, je sais... Parlons d'autre chose.

Elle se leva et regarda sa montre.

— Il est peut-être temps que j'aille me changer, dit-elle, bien qu'il soit un peu tôt. Quatre heures et demie, seulement !

— Moi aussi, je dois m'habiller, répondit-il. Tel que je suis je ne pourrais vous emmener que dans un snack. Je reviendrai dans deux heures.

Dès qu'il fut parti, Cathleen monta dans sa chambre, enfila son peignoir, se fit couler un bain et s'y plongea avec délices.

L'eau chaude l'apaisa. Depuis le début de l'après-midi, elle éprouvait l'enivrante sensation de vivre un rêve. Non seulement l'enregistrement avait été une réussite mais elle allait passer la soirée avec Casey ! N'était-elle pas en train de perdre la tête ? Peu importait ! Pour une fois elle essaya de ne pas se poser de questions.

Sortie du bain, elle se regarda longuement dans la glace et chercha ce qu'elle pourrait inventer pour donner à sa coiffure un petit air de fête. Finalement, elle opta pour le style asymétrique : tous les cheveux ramenés d'un seul côté et retenus par une barrette.

Elle se maquilla avec un soin particulier, en s'appliquant surtout à renforcer l'éclat de ses yeux.

Restait à choisir sa tenue. Après une brève hésitation, elle opta pour une robe plissée, en crêpe abricot, sobre mais gaie. Elle l'assortit d'une veste droite qui cachait subtilement ses formes.

Après une dernière pirouette devant le miroir, elle descendit au salon, se mit au piano et attaqua une sonate de Scarlatti, vive et légère. Exactement ce qui convenait à son humeur.

Prise par le rythme, elle n'entendit pas son père rentrer.

— Que t'arrive-t-il, fillette ? Tu as l'air pleine d'entrain.

— J'attends Casey.

— Casey ? Tiens, tiens ! Tu l'intéresses, toi aussi ? Bizarre qu'il ne vienne pas plus souvent.

— Papa ! Tu es comme Lynette, tu vois le mal partout. Il ne saurait y avoir que de l'amitié entre Casey et moi.

— De l'amitié ? Mais alors, que signifie cette robe ?

— Rien, je t'assure.

— Fais attention. Casey sait se montrer persuasif.

Elle ajouta avec un tendre sourire :

— Casey m'emmène fêter mon premier enregistrement.

— Il a raison. Tu as été fantastique.

— Tu me flattes ! Mais toi, que vas-tu faire ?

— Rien de passionnant. Jim et Vern viennent me voir ; nous allons improviser.

Cette idée ne lui plaisait pas du tout, mais elle essaya de dissimuler son inquiétude.

— Papa, il te faudrait une compagne.

— Certes... mais avant de trouver la perle rare !

— Tu finiras bien par rencontrer une femme digne de ce nom.

— Nous verrons. Pour l'instant, je me sens bien comme je suis. Peut-être parce que je vieillis.

— Non. Simplement tu acquiers un peu de bon sens.

— Il serait temps. Je vais avoir soixante ans.

Amusée, elle se leva et l'embrassa.

— Je t'aime, tu sais, dit-elle.

— Moi aussi, Cathleen. Ah ! On sonne ! Tu devrais aller ouvrir. Casey, probablement.

En effet, c'était bien lui. Cathleen constata avec plaisir qu'il avait fait un effort vestimentaire : il arborait fièrement une superbe chemise de soie bordeaux et un pantalon de fine gabardine beige, admirablement coupé.

— Cathleen ! que vous êtes belle !

— Vous aussi, vous êtes bien !

Il resta sur le seuil de la porte et la contempla longuement, des pieds à la tête. Puis il la prit par la taille et l'entraîna vers sa voiture, lui laissant à peine le temps de dire au revoir à son père.

— C'est vrai, vous savez, vous êtes superbe. Si seulement vous acceptiez de dénuder vos épaules...

— Vous aviez promis...

— De ne pas vous bousculer. Mais je n'ai

jamais dit que je ne vous ferais pas un brin de cour.

Elle ne put s'empêcher de rire.

— Vous êtes très adroit ! dit-elle, tandis qu'elle montait dans sa voiture.

Il démarra tout aussitôt et glissa une cassette dans le magnétophone.

Tout au plaisir de la musique, un air de *folk* qu'elle aimait particulièrement, Cathleen se détendit.

Heureux de la voir ainsi, Casey la regarda et lui sourit.

Sentait-elle à quel point elle lui plaisait ? Elle était belle mais sa personnalité l'enchantait aussi. Y compris ses sautes d'humeur et ses doutes.

Et lorsqu'elle chantait ou souriait, il entrevoyait tout bonnement le paradis !

Chapitre 7

Casey l'emmena dîner dans un restaurant fort élégant, situé dans l'une des plus anciennes demeures de la ville. Au grand étonnement de Cathleen, il y entra par une porte dérobée.

— Comment se fait-il ?... s'étonna-t-elle.

— La rançon du succès, répondit-il tandis que le maître d'hôtel les invitait à monter au premier.

— Les admirateurs fortunés sont encore plus ennuyeux que les autres, précisa-t-il. Et je n'ai pas envie d'être dérangé.

On les fit entrer dans un charmant salon particulier, aux murs lambrissés.

— C'est moi qui vous servirai ce soir, monsieur Casey, expliqua le maître d'hôtel, comme si c'était un honneur insigne. Désirez-vous un apéritif ?

Casey interrogea Cathleen du regard. Elle buvait si rarement qu'elle ne sut faire un choix.

— Le gin-fizz est particulièrement bon ici, précisa-t-il.

— Dans ce cas... Je vous fais confiance.

— Un gin-fizz pour madame et un Manhattan pour vous, monsieur ?

— Absolument !

— Quel service ! remarqua Cathleen admirative, dès que le maître d'hôtel fut sorti.

— Raymond adore faire son numéro. Selon lui, la mémoire est un atout dans ce métier.

— Je pensais qu'il vous voyait tous les jours ! plaisanta-t-elle.

— Cathy ! Vous me connaissez mal !

Ensemble ils étudièrent le menu. Cathleen jeta son dévolu sur du veau à la crème.

— Et pour commencer ? Vous aimez les crevettes ?

— Beaucoup.

— Cocktail de crevettes, alors ? Ils les reçoivent de la côte par avion, tous les jours.

— Excellente idée.

Au même moment le maître d'hôtel réapparut avec les apéritifs, accompagnés d'un choix varié de petits canapés.

— L'une des spécialités de la maison, expliqua Casey.

— Tout va comme vous voulez ? s'inquiéta Raymond.

— Absolument.

— Dans ce cas je vous laisse. A tout à l'heure.

Dès qu'ils furent à nouveau seuls, Casey vanta à Cathleen les hors-d'œuvre de la maison.

— Vous avez le choix. Saucisses, pommes paille, champignons parfumés et, surtout, des petits pains fourrés de tomates, d'oignons et de viande séchée. Un vrai délice et l'orgueil du chef !

— Casey ! Vous êtes un grand enfant.

— N'est-ce pas ? C'est sans doute pour cela que je chante. Travailler, pour moi, est encore un jeu !

Tout en parlant, il lui garnit son assiette.

— Et ma ligne ! Vous vous rendez compte ? Gourmande comme je le suis !

— Vous n'avez nulle crainte à avoir, pas de souci à vous faire, Cathleen !

— Je ne suis pas de cet avis. J'aimerais être plus élancée.

— Vous plaisantez. Ne vous ai-je pas dit que vous étiez absolument ravissante ?

— Je ne m'en souviens pas. Pouvez-vous le répéter ?

— Je dirai mieux : vous êtes tout simplement sublime ! En fait j'ai beaucoup de mal à tenir ma promesse.

— Casey...

— Rassurez-vous. Je sais encore me tenir.

— Je vous observe...

Il ne put alors s'empêcher de lui caresser tendrement la main.

— Mieux vaudrait changer de sujet, dit-il.

— Entendu. De quoi parlons-nous ?

— De votre tournée, par exemple. Quand débute-t-elle ?

— Une semaine après le banquet en l'honneur de Dusty.

— A propos, Dick Eberhardt m'a appelé aujourd'hui. Il est chargé de l'organisation de la soirée.

— Il y aura un spectacle ?

— Un simple hommage à Dusty. Quelqu'un retracera la vie de votre père et d'anciens compagnons raconteront leurs souvenirs.

— Un peu embarrassant pour lui, non ? Dusty n'aime pas trop ce genre de flatteries.

— Très ennuyeux surtout. Il y aura aussi des chansons, d'anciens succès ; puis vous et moi, en duo, comme Stella et Dusty autrefois. Si vous êtes d'accord.

Cathleen hésita. Chanter avec Casey l'avait infiniment troublée. Devant un large public ce serait pire.

— Je... je ne sais pas... Je n'aime pas m'exhiber.

— Vous le ferez bien pendant la tournée. Ce serait un excellent entraînement.

— Sans doute.

Elle pouvait difficilement lui expliquer ce qu'elle redoutait : son attirance pour lui était trop forte ; elle ne pouvait que se trahir. Le public y verrait à la rigueur un jeu de scène. Mais Casey ne s'y tromperait pas.

— Dick souhaite que vous chantiez. Metcalf a dû lui parler de votre talent. Vous vous amuserez, vous verrez.

— Je peux toujours essayer.

— Quel manque d'enthousiasme ! Vraiment, Cathleen, je ne vous comprends pas. Pourquoi chanter vous déplaît-il à ce point ?

— Je n'ai pas envie d'exercer ce métier.

— Pourquoi ? C'est insensé venant de vous, la fille de Stella et de Dusty !

— Justement ! Je sais ce qu'est le succès, quel mal il peut faire à un couple, à une famille. Il peut ruiner plusieurs existences. Le jeu n'en vaut pas la chandelle. Je préfère rester inconnue.

— Si Dusty a mal tourné, ce n'est pas le cas de tout le monde.

— Certes. Mais combien sont heureux ? L'argent ne suffit pas à compenser l'échec d'une vie privée. Un chanteur est toujours sur les routes. Le public le guette. Au moindre accroc il a droit aux pires avanies. Les journalistes le suivent, l'épient. Il ne peut pas sortir sans se faire aborder... Je ne suis pas faite pour cette vie-là. J'aime chanter mais pour moi. Je préfère me contenter d'écrire et de composer.

— D'abord rien ne dit que vous allez connaître un triomphe. Ensuite, vous n'êtes pas obligée de mener la vie insensée de vos parents. Moi, par exemple, je passe un mois par an à Las Vegas, mes représentations durent environ six semaines. Le reste du temps, je suis chez moi.

— Oui, mais vous, vous avez déjà réussi. Moi je m'épuiserai sûrement avant d'atteindre le vedettariat.

— Avec une voix comme la vôtre ce serait un crime de ne pas essayer !

— Je chante pour moi et c'est bien ainsi.

— J'ai du mal à vous comprendre. J'aime tellement le public ! De toute façon, cet album et une tournée ne vont pas bouleverser toute votre existence. Personne ne peut vous contraindre à renouveler l'expérience. Vous avez le droit de rompre à tout moment avec la *Sunburst*.

— Je sais. Mais j'ai peur de me prendre au jeu. Supposez que le succès devienne une drogue comme pour Stella et Dusty. Quand j'ai enregistré cet après-midi, j'ai trouvé cela grisant.

Elle se surprenait à avouer ses angoisses. Personne ne pouvait se prévaloir de ses confidences, même pas sa sœur. Elle devait avoir perdu la tête ! Anxieuse, elle guetta sa réaction.

— Je voudrais pouvoir vous rassurer, mais ce métier peut effectivement être dangereux. Enfin ! Faut-il pour autant refuser les risques et se laisser dominer par la peur ?... Il y a aussi des côtés passionnants. Vous ne voulez pas les voir, mais ils existent. L'enthousiasme du public, une certaine aisance, une relative liberté. Ce n'est pas négligeable. Détendez-vous, Cath. Ne tournez pas le dos à la vie par faiblesse.

— C'est là toute votre philosophie, si je comprends bien !

— Pourquoi pas ? Quel mal y voyez-vous ?

— Aucun... pour vous. Mais pour moi...

— Cathleen ! Vous êtes bien plus solide que vos parents ; vous n'avez pas à craindre de subir les mêmes revers. Mais, poursuivit-il, nous sommes bien sérieux pour une soirée de fête. Dites-moi, avez-vous songé à vos costumes de scène ?

— Non. Je ne sais pas à qui m'adresser.

— Vous connaissez Liz Chase ?

— Non.

— Elle est toute nouvelle dans la profession mais elle commence à se faire un nom en ville. Je crois qu'elle aurait de bonnes idées pour vous.

— C'est elle qui vous habille ?

— Trouveriez-vous que ma garde-robe laisse à désirer ?

— Loin de là mais je préférerais porter autre chose qu'un jean et un tee-shirt.

— Rassurez-vous ; mes tenues la désespèrent. Vous voulez la rencontrer ?

— Volontiers.

— Nous pourrions aller la voir demain ?

Elle hésita, une fois de plus. Il n'était pas raisonnable de le retrouver tous les jours... Et pourtant, elle le souhaitait...

— Entendu, dit-elle.

Comme en écho à ses pensées, il plaisanta :

— Qui sait, vous en viendrez peut-être à tolérer ma présence.

— Casey... Ne jouez pas trop avec moi...

— Soyons francs : même après avoir dissipé le malentendu à propos de Stella vous êtes restée sur la défensive.

— Vous ne devez guère être habitué à ce genre d'attitude.

97

— En effet. Mais pourquoi réagissez-vous ainsi ? Vous avez pourtant l'air d'être heureuse avec moi, de temps à autre.

— Je le suis. Vous êtes agréable, charmant. Je me plais infiniment avec vous.

— Alors où est le problème ?

— Ma conception du monde est différente de la vôtre.

— Pourtant, je respecte mes engagements... Aucun soupir à fendre l'âme, aucune audace...

— Vous êtes impossible ! protesta-t-elle, sans pouvoir s'empêcher de rire. Ne serez-vous donc jamais sérieux ?

— Un peu d'humour ne nuit pas.

— Non, mais vous vous moquez de moi. Vous me trouvez ridicule. Il est vrai que parfois je me sens en parfaite contradiction avec moi-même.

— Une part de vous rêve de sécurité et de calme, et l'autre souhaite la liberté et le plaisir.

— Comment le savez-vous ?

— Pas besoin d'être grand clerc pour deviner. Vous êtes pleine de vie et de sensualité mais vous vous efforcez de le cacher. Vous aimez chanter mais vous refusez de le faire. Vous rêvez de m'aimer mais vous avez peur de l'admettre.

— Je n'ai jamais rien prétendu de tel !

— Inutile. Je vous ai embrassée. Vous vous souvenez ?

Elle rougit et détourna le regard. Elle ne

pouvait nier qu'elle avait répondu à ses baisers avec passion.

Il lui prit la main et y posa ses lèvres.

— N'ayez donc pas peur de moi, dit-il. Je respecterai vos désirs.

Frissonnante de plaisir, elle leva les yeux vers lui. Comment lui avouer qu'elle redoutait ses propres réactions ? Sa seule présence lui faisait perdre la tête !

— Je sais, murmura-t-elle.

Délicatement, il embrassa la pulpe de ses doigts. Au même moment, Raymond revint avec l'entrée. Précipitamment elle retira sa main. Le maître d'hôtel, parfaitement stylé, fit comme s'il n'avait rien vu.

— Délicieux, dit-elle, après avoir avalé la première bouchée.

Casey n'insista pas et, durant le repas, ils bavardèrent gaiement de choses et d'autres en bannissant toute allusion à leurs relations.

Elle était infiniment trop sensible à sa présence pour rester placide. Aussi quitta-t-elle le restaurant avec soulagement, bien qu'elle eût trouvé la soirée trop courte.

Etrangement, elle avait l'impression que tous ses sens étaient en éveil. Jamais le ciel ne lui avait paru plus beau, les senteurs plus délicates, l'air plus léger, la lune aussi brillante.

Il s'arrêta un instant.

— Par une telle nuit, murmura-t-il, tout devrait être simple et naturel entre nous.

Elle fut saisie d'un sentiment d'impuissance et eut soudain envie de pleurer. Pour un peu, elle se serait jetée dans les bras de Casey. Mais, au contraire, elle s'écarta de lui.

Il la ramena chez elle, silencieusement. Dusty était là. Il les accueillit avec joie.

· Très à l'aise, Casey ôta sa veste et s'assit en tailleur, au milieu du salon. Deux heures durant, il échangea des souvenirs avec son aîné, lui fit raconter des histoires du temps passé, commenta les dernières nouvelles de la profession, donna son avis sur les succès à la mode. Parfois, il se tournait vers Cathleen qui se contentait d'écouter, sans répondre.

— Il est temps que je m'en aille, annonça-t-il peu avant minuit. Si vous êtes encore très jeune, Dusty, moi j'ai passé l'âge de veiller.

— Tu appelles cela veiller ! En effet, tu vieillis.

Cathleen raccompagna Casey jusqu'à la porte.

— Merci pour cet excellent dîner.

— Moi aussi j'ai passé une bonne soirée. N'oubliez pas... demain nous allons chez Liz Chase.

Il l'embrassa tendrement et disparut dans la nuit.

Un long moment, elle demeura plantée sur le seuil, encore tremblante du plaisir éprouvé au contact de ses lèvres chaudes et sensuelles sur sa bouche. Toute la soirée, en fait, elle avait attendu cet instant. Fidèle à sa parole, Casey n'avait pas fait un geste. Et elle en fut étrangement déçue.

Quand elle retrouva ses esprits, elle remonta directement dans sa chambre. Elle n'avait aucune envie de parler à son père. Elle avait plutôt besoin de solitude pour analyser ses sensations, ses sentiments avant de retrouver Casey le lendemain.

Depuis quelque temps son existence semblait s'engager sur d'étranges voies. Et plus curieux encore : elle n'avait pas envie de rebrousser chemin...

Le lendemain, Casey arriva peu avant onze heures.

Cathleen, qui avait eu du mal à s'endormir et s'était levée tard, prenait son petit déjeuner dans la cuisine lorsqu'elle le vit garer sa voiture ; affolée à l'idée qu'il puisse la voir ainsi en peignoir, elle se précipita dans sa chambre et, en toute hâte, enfila une robe.

Elle l'entendit frapper et entrer.

— Cathleen ? appela-t-il.

— J'arrive, répondit-elle tandis qu'elle se brossait les cheveux.

Elle n'eut pas le temps d'aller plus loin. Une minute plus tard, il était sur le pas de sa porte.

— Que faites-vous ici ? Vous ne pouviez pas attendre en bas ?

— J'espérais vous surprendre pendant que vous vous habilliez.

— Casey !

— Cela vous étonne ? Avec la réputation que j'ai !

— Laissez-moi. Je ne suis pas prête. Pourquoi êtes-vous venu si tôt ?

— L'impatience de vous revoir. Mais pourquoi être gênée ? Vous êtes charmante.

— Vous avez vu ma tenue ? Allez-vous-en.

— Je vous aime bien ainsi. On dirait que vous allez vous mettre au lit.

En trois enjambées, il fut près d'elle et, sans se soucier de son air effaré, tranquillement, il lui caressa les cheveux.

— De la soie ! murmura-t-il. Cathleen ! Comme vous êtes séduisante ! Jamais je n'aurais imaginé qu'un jour je serais obligé de me tenir à l'écart d'une jolie femme !

La pression de ses doigts s'accentua. Rêvait-elle ou tremblait-il réellement ?

Il la désirait passionnément. Et ce désir était encore plus troublant que ses caresses.

L'œil sombre, les paupières lourdes, il l'attira plus près, l'enlaça. Elle n'esquissa aucun geste de défense. Au contraire, avide de retrouver la chaleur de son corps, elle s'abandonna.

Leurs lèvres entrouvertes se joignirent et Cathleen, que l'impatience avait tenu éveillée une partie de la nuit, eut la sensation enivrante de toucher au port. D'être, enfin, où elle devait être. Avec passion, elle répondit à son baiser, en savoura toute l'intensité, soudain saisie d'une émotion exquise...

Comme s'il voulait se fondre en elle, il la serra contre lui, la prit par les épaules, tandis que, haletante, elle allait au-devant de ses caresses.

Tandis qu'il l'implorait de sa voix chaude, elle s'arracha à ses lèvres, pour lire dans ses yeux l'approche du péril.

Le souffle court, éperdu d'amour, il se pencha sur sa gorge. Ses doigts glissèrent le long de son décolleté.

— Ne me tourmente plus, lui dit-il, laisse-moi t'aimer, laisse-moi être heureux.

Elle se figea.

Il réfréna ses élans, lui baisa la main et s'enfuit dans la pièce à côté.

Désorientée, frissonnante, elle se laissa tomber sur son lit.

Chapitre 8

Plus tard, elle émergea de cet océan de feu dans lequel elle avait si voluptueusement sombré, avec un sentiment d'humiliation. Cette fois, Casey ne pouvait plus ignorer qu'elle était prête à succomber. Seule, son extraordinaire volonté les avait arrêtés sur la pente vertigineuse où ils glissaient.

Péniblement, elle se leva et alla se regarder dans la glace. De quoi avait-elle l'air? Que devait-il penser? Allait-elle se donner à lui quelles qu'en soient les conséquences?

Ses yeux encore voilés de désir révélaient son émoi. Casey la subjuguait. Il lui serait désormais impossible de repousser ses avances. Son pouvoir sur elle était infini. Elle sentait confusément que, déjà, elle l'aimait. Cette pensée la fit trembler. C'était la porte ouverte à la jalousie, aux scènes, aux reproches... Elle qui s'était juré que, jamais, elle ne connaîtrait cet enfer!

Fébrile, elle fit les cent pas dans sa chambre, s'assit, se releva sans pouvoir mettre de l'ordre dans ses idées. Finalement, elle reprit sa brosse, se coiffa, essaya de se maquiller convenablement. Peu à peu, elle s'apaisa.

Allait-elle tenter le sort et revoir Casey? Un instant elle hésita. Quelle lâcheté! Non! Elle avait peut-être hérité de tous les défauts de ses parents, mais elle ne manquait pas de courage.

La tête haute, elle descendit. Casey, affalé sur le canapé, les yeux fermés, attendait.

— Mon Dieu! Quelle tête vous faites! lança-t-elle, mal à l'aise.

— Je vous en prie, répliqua-t-il, ne vous moquez pas de moi.

Faisant un effort sur lui-même, il se leva.

Liz Chase avait établi son quartier général au cœur de la vieille ville, dans un petit immeuble sombre à l'entrée vétuste. On y aurait facilement oublié le siècle mais dès qu'on poussait la porte on revenait à l'époque actuelle. La fenêtre d'origine avait fait place à une large baie vitrée, laissant généreusement passer les rayons du soleil. Une épaisse moquette pastel recouvrait le sol. Le mobilier, résolument moderne, était tout de verre et de métal.

La secrétaire de Liz les accueillit avec un grand sourire.

— Mlle Chase vous attend, dit-elle à Casey. Elle ne va pas tarder.

— Casey! s'écria Liz, il y a des siècles qu'on ne s'est vus.

Il la serra affectueusement dans ses bras.

— Liz! Vous savez pourtant que je ne peux pas vivre longtemps sans vous!

Cathleen n'en revenait pas! Elle s'était imaginé Liz Chase, grande, mince, sophistiquée et fort élégante. Or c'était tout le contraire! Elle était petite, rondelette, portait des jeans et une chemise bleue comme n'importe quelle étudiante américaine! Sans maquillage, les cheveux tirés en un strict chignon, pieds nus, elle aurait presque fait douter de ses talents de styliste.

S'arrachant aux bras de Casey, elle se tourna vers Cathleen et la salua.

— Vous êtes la jeune personne que je dois habiller?

A son tour, Cathleen lui tendit la main.

— Oui, répondit-elle simplement.

— Vous avez une silhouette intéressante, dit-elle, après l'avoir examinée de la tête aux pieds. Je n'ai guère de temps mais une occasion pareille ne se refuse pas.

Quelle drôle d'entrée en matière, pensa Cathleen.

Se tournant vers Casey, elle s'étonna, tandis que Liz s'éclipsait.

— On dirait qu'elle relève un défi!

Amusé, celui-ci la rassura :

— Allons, ne vous inquiétez pas. Elle vous trouve fantastique. Pour une fois, elle peut habiller un corps parfait.

— Flatteur! répliqua-t-elle, bien que ravie du compliment.

Il la prit par le bras et ils rejoignirent Liz dans son atelier.

Munie d'un carnet et d'un crayon, elle lui posa quelques questions.

— Combien de temps serez-vous en tournée et où allez-vous ?

Cathleen lui donna tous les détails.

— Quel genre de musique chantez-vous ?

— *Country*.

Spontanément, Cathleen fredonna deux de ses airs favoris.

— Vous changerez de tenue plusieurs fois par soirée ?

— Je ne sais pas. Qu'en pensez-vous ?

— C'est très faisable.

Après lui avoir pris ses mesures, elle ajouta :

— Vous avez des désirs précis ? Des couleurs préférées ?

— Non. Je n'ai encore jamais réfléchi à la question.

— Bien. Je trouverai. Il faut mettre vos formes en valeur tout en allongeant votre silhouette. Mais, avec vous, je ne serai pas obligée de tricher avec des volants ou des fioritures pour cacher vos défauts. Quand partez-vous ?

— Dans un mois.

— D'ici une semaine, je vous montrerai mes premiers croquis. A bientôt, donc. Je vous laisse. Je suis débordée.

Les jours suivants, Casey appela Cathleen deux ou trois fois mais s'abstint de venir la voir.

Forcé lui fut d'admettre qu'il lui manquait

terriblement. La nuit, elle passait des heures à se remémorer ses paroles, ses sourires, le contact de ses mains sur sa peau !

Le mercredi matin, cependant, il la rappela.

— Bonjour, beauté ! dit-il joyeusement.

La gorge nouée, c'est à peine si elle put répondre.

— A quelle heure voulez-vous que je vienne vous chercher ?

— Pour aller où ?

— Vous avez oublié ? C'est aujourd'hui que Liz vous montre ses croquis.

— Je sais mais je peux la voir seule. Il ne faut pas vous croire obligé...

— Ce n'est pas mon genre. Ma mère prétendait que j'étais l'être le plus égoïste de la terre.

— Vraiment ? Alors pourquoi avoir convaincu Metcalf de faire travailler Dusty ?

— Une manière de vous conquérir !

— Casey !

— Je plaisante... En fait, vous me donnez l'occasion de payer une dette envers Liz. Et puis vous me manquez.

— Vraiment ?

— Vraiment !

— Cath, reprit-il, je me suis éloigné pendant une semaine dans l'espoir de vous oublier un peu. Peine perdue. Vous me hantez. Seule, votre présence pourrait m'apaiser. Laissez-moi vous accompagner.

108

— Comme vous voulez, murmura-t-elle d'une voix à peine audible.

Casey sentait-il à quel point ses paroles la bouleversaient ? Pourtant, elle se méfiait. Il avait une telle expérience des jeux de l'amour ! Son absence avait-elle été calculée ?

— Je passe vous prendre.

— Donnez-moi une heure.

— Entendu. Et si vous voulez me faire plaisir, ajouta-t-il presque à voix basse, choisissez une tenue insolite. Surprenez-moi.

Sur cette étrange suggestion, il raccrocha. Que désirait-il ? Elle n'avait rien d'excentrique dans sa garde-robe. Et, d'ailleurs, pourquoi lui obéir ?

Soudain, fébrile, elle sortit de son armoire un carton plein de vêtements qu'elle ne mettait plus et en extirpa un vieux jean si délavé et troué qu'elle l'avait coupé le plus court possible et s'en était fait un short juste bon pour les bains de soleil.

Elle l'enfila et eut toutes les peines du monde à le fermer ; ses hanches s'étaient arrondies au fil des ans !

Elle replongea dans le carton et y dénicha un haut rose indien, très flatteur au teint mais non moins révélateur que le jean. Il laissait même une large bande de peau à découvert au-dessus de la taille.

Quand elle se vit dans la glace, un instant, le courage lui manqua et elle faillit se changer.

Réflexion faite, elle n'en fit rien. Casey voulait être surpris ? Eh bien ! Il le serait. Elle était impatiente de voir sa réaction.

Elle ne fut pas déçue. Lorsqu'elle lui ouvrit, il resta bouche bée.

Après l'avoir longuement contemplée, il murmura :

— Vous m'avez pris au mot, à ce que je vois !

Sans doute était-ce stupide, en effet, mais elle ne regrettait rien. Elle prit son sac et avança vers la voiture. Casey la suivit à quelque distance. Surprise, elle se retourna.

— Je n'en reviens pas, expliqua-t-il, le regard rivé sur ses hanches.

Rougissante, elle n'insista pas.

Ils n'échangèrent pas un mot pendant le trajet. Les mains rivées au volant, il conduisait en silence. Dans l'escalier qui menait chez Liz, il prit bien garde de ne pas la frôler mais lorsqu'ils furent entrés, il s'approcha d'elle et lui chuchota à l'oreille :

— Je ne sais pas si je préfère vous admirer de face ou de dos.

Une fois de plus, son cœur s'emballa, elle rougit et se mordit les lèvres. Pour la plus grande satisfaction de Casey.

— Je vous remercie de vous être habillée ainsi, ajouta-t-il. Mais vous avez scellé votre destin.

— C'est-à-dire ?

110

— Vous me comprenez parfaitement. Vous êtes irrésistible.

Elle le fixa d'un air rêveur.

— Ne me regardez pas ainsi, sinon je ne réponds plus de moi.

Liz Chase les avait déjà appelés deux fois lorsqu'ils s'aperçurent de sa présence. Presque à contrecœur, ils la suivirent dans son atelier.

Cathleen regarda, un à un, tous les dessins de la styliste sans parvenir toutefois à se faire une idée claire. Casey était bien trop près d'elle !

Une seule fois, elle fit une observation devant le croquis d'une combinaison noire, serrée à la taille par une large ceinture.

— Vous croyez que cela m'ira ? demanda-t-elle, vaguement inquiète.

— J'étais sûre que vous me poseriez la question, fit remarquer Liz. Ne vous en faites pas. Quand on a une taille comme la vôtre, il faut la montrer.

— Mais vous allez faire ressortir mes hanches !

— Pourquoi pas ? Elles sont parfaites ! Il n'y a qu'à voir la manière dont Casey vous regarde.

— Vos costumes sont superbes, comme toujours, dit-il avec un sourire légèrement crispé.

Elle eut un clin d'œil complice.

— Il n'empêche que vous bouillez d'impatience de ramener Cathleen chez elle. Alors, jeune fille ? Qu'en pensez-vous ?

— Je m'en remets à vous. Vos modèles ont beaucoup d'allure.

— Dès que je suis prête pour le premier essayage, je vous appelle.

— Vous pourrez livrer à temps ?

— Ne vous inquiétez pas. J'ai horreur d'être en retard.

— Je vous raccompagne, intervint Casey.

Elle aurait probablement dû remercier Liz mais elle ne sut que lui dire. Elle se contenta de la saluer.

Dans la voiture, au bout d'un moment, Cathleen se rendit soudain compte qu'ils avaient pris une direction inattendue.

— Où allons-nous ?

— A Franklin. J'ai envie de vous montrer ma maison. Vous ne la connaissez pas ?

— Non.

— C'est un bel endroit, vous verrez. Il y a des écuries, une piscine, un studio d'enregistrement. Si vous voulez, nous pourrons répéter nos chansons pour le banquet.

Elle l'écoutait à peine. Qu'allait-il se passer ? Trop émue pour parler, elle se contentait de regarder le paysage. Au fur et à mesure qu'ils approchaient, son trouble augmentait.

Bientôt, une inquiétude folle la saisit. Elle ne pouvait plus se dérober. Allait-elle prendre le risque de laisser libre cours à ses sentiments, quand elle pouvait imaginer la suite ?... Le refus, l'abandon, la fuite...

La propriété de Casey, un peu en dehors de la ville, était entourée de murs et de fils de fer barbelés.

— Vous devez vous protéger à ce point ? demanda-t-elle, stupéfaite.

— J'ai une écurie de courses et un certain nombre d'objets précieux. Mais surtout, ma vie est constamment menacée.

— Vous plaisantez ?

Il s'arrêta devant une grille imposante qu'il ouvrit à l'aide d'un petit décodeur.

— Pas le moins du monde. Les temps ont changé. Ce ne sont plus seulement les fans qui envahissent votre maison. Il y a des fous qui cherchent la célébrité en assassinant une vedette. Souvenez-vous de John Lennon. Comme je n'aimerais pas avoir un garde du corps, je préfère dresser des chiens. Votre mère aussi doit se protéger. Elle ne sort jamais sans être accompagnée par un homme armé.

— Vraiment ? Je pensais que cela cachait...

— Vous n'avez pas une très bonne opinion de votre mère !

— Difficile, après ce que j'ai entendu au cours du divorce.

— Dans ce genre de circonstances, chacun expose ses griefs et personne n'en sort indemne.

Les avocats de Dusty se sont acharnés sur les aventures de Stella, quant aux siens, ils ont insisté sur le fait qu'il était alcoolique.

— Elle se battait pour de l'argent et non pour la garde de ses enfants.

Cathleen était au bord des larmes. Jamais elle n'oublierait ni ne pardonnerait.

— Elle nous a laissées, Lynette et moi, sans un regret.

— Je comprends que vous ayez été malheureuse. Seize ans ! Un âge difficile pour découvrir la mésentente de ses parents.

— Oh ! Je ne l'ignorais pas...

— Si seulement je pouvais vous faire oublier tout cela...

— Vous êtes gentil mais il est bien difficile d'effacer le passé.

Elle semblait si vulnérable, tout à coup, que Casey eut envie de la prendre dans ses bras, de la protéger. En même temps le désir qu'il avait d'elle le retint. S'il l'embrassait maintenant... il n'irait pas jusque chez lui.

— J'aimerais vous emmener très loin, dit-il à mi-voix. Vous me plaisez plus que tout au monde.

Les yeux baissés, figée, elle l'écoutait.

— Votre silence serait-il une promesse ? dit-il en un souffle.

Elle leva la tête et lut dans ses yeux une adoration qui la fit frémir.

Pourquoi refuser cette chance de bonheur ? Le

nectar qu'avaient bu — hélas ! jusqu'à la lie —
Stella et Dusty, elle voulait y goûter, elle aussi !
Malgré les doutes, les craintes, les incertitudes...

— Eh bien ! n'arrêtez pas votre voiture, dit-elle
gravement.

Chapitre 9

Une seconde, une lueur brilla dans le regard de Casey puis s'évanouit. Sans un mot, il démarra, les mains crispées sur le volant.

La maison, sorte de vaste bungalow, fut bientôt en vue; construite au centre d'une immense pelouse, ombragée d'arbres centenaires, elle surprenait par son allure très moderne. Ses immenses baies vitrées et sa structure métallique contrastaient avec l'environnement classique. Le parc, lui, ne devait guère avoir changé depuis des décennies.

Cathleen descendit de voiture.

— Que c'est beau! s'exclama-t-elle.

Il la prit par la taille et l'entraîna vers l'entrée dont l'ouverture était commandée par un clavier électronique.

— J'adore les gadgets, dit-il d'un air gêné comme s'il avouait une coupable faiblesse.

— Ne vous excusez pas. A côté des horreurs dont s'entourait Dusty, vos joujoux sont d'une discrétion exemplaire!

— C'est vrai... quand je pense à la sonnette qu'il avait fait installer!

— Celle qui donnait les premières mesures d'un de ses succès?

— Oui, répondit-il en riant. C'était insensé!

116

Grâce aux baies vitrées, on avait vue, dès le hall, sur les écuries chaulées de blanc, les enclos aux barrières de bois et, au loin, sur des collines boisées et de vastes prés.

Cathleen s'approcha des portes-fenêtres pour mieux contempler le paysage.

— Quelle merveille !

Un tel havre de paix et de verdure, si près de Nashville ! Elle commençait à comprendre pourquoi, après l'agitation des tournées, Casey s'enfermait chez lui et n'en sortait que rarement.

L'intérieur de la maison avait aussi beaucoup de charme. D'admirables tapis d'Orient ornaient le sol aux tommettes anciennes ; la haute cheminée de pierre évoquait les fermes d'antan ; les profonds canapés recouverts de chintz fleuri disaient combien le propriétaire des lieux aimait le confort. Il s'était entouré d'objets d'art, de tableaux contemporains, de sculptures audacieuses et de vases précieux.

— Vous semblez surprise, fit-il remarquer.

Elle s'approchait d'une danseuse de bronze qu'elle caressa délicatement.

— Ce n'est guère le style en vogue à Nashville, il est vrai ! Mes origines me trahissent ! plaisanta-t-il.

— C'est-à-dire ?

— Mon père était un médecin new-yorkais. Un pur yankee ! Il est venu s'installer dans le Sud parce qu'il ne supportait pas le climat de New

York. J'ai grandi en Floride et j'ai passé ma vie dans l'eau.

— Mais ce charme... Et votre accent du Sud ?

— N'y voyez là rien que de très naturel, affirma-t-il avec un peu d'ironie. Mes parents détestaient ma manière d'être, ma nonchalance, mon amour de la guitare... Je n'aimais guère la discipline scolaire.

— Normal, pour un adolescent.

— Pas aux yeux de... ma belle-mère. Lorsque ma mère est partie, j'étais encore au berceau. Je tiens d'elle ma nature sauvage et mon amour de la musique, alors que mon père était extrêmement strict et collet monté, comme sa seconde femme. Nos relations étaient, pour ainsi dire, inexistantes ; il n'était jamais là ; il passait sa vie à soigner de vieilles dames très riches à qui il prenait des honoraires exorbitants. Mais assez parlé de ma famille ! Voulez-vous visiter le reste de la maison ?

— Avec plaisir

Ils entrèrent dans une grande pièce froide meublée d'une longue table de verre et de huit chaises à dossier très droit.

— La salle à manger, annonça-t-il, solennel. Je ne l'utilise jamais.

Ils en sortirent pour pénétrer dans l'une des chambres.

— Il y en a quatre. Chacune a sa salle de bains.

118

Ils traversèrent ensuite le hall, puis la cuisine et arrivèrent au studio d'enregistrement.

— Face à l'entrée ? interrogea Cathleen. Vous ne vous isolez pas pour travailler ?

— Je préfère surveiller les allées et venues.

— Les allées et venues ? répéta-t-elle, incrédule. Mais votre propriété est une forteresse inviolable !

— Plusieurs personnes connaissent le code... Je n'aime pas être dérangé. Dès que j'aperçois un importun, j'ai tout le temps de me cacher. Pourtant, parfois, ajouta-t-il avec un regard lourd de signification, je souhaiterais qu'on entre librement chez moi !

— C'est une invitation ?

— Pourquoi pas ? murmura-t-il tandis que ses mains se posaient sur les épaules de Cathleen avant de s'aventurer vers son décolleté. Oh ! Cathy ! gémit-il.

Fou de joie, il la souleva de terre et l'emporta jusqu'à sa chambre. Lorsqu'il l'eut allongée sur son lit, il s'assit près d'elle et, un long moment, la contempla comme s'il n'arrivait pas à croire qu'elle fût réelle. Ne rêvait-il pas une fois de plus comme au cours de toutes ces interminables nuits ?

Il caressa sa gorge. Le cœur de Cathleen battait à tout rompre. Elle se mit à trembler d'émotion.

Elle ferma les yeux pour mieux sentir ses mains sur son corps. Tendue vers lui, elle eut soudain envie de l'entendre prononcer des mots d'amour... Trop enthousiaste, trop impatient, il ne songeait qu'à l'embrasser à travers le fin tissu de son corsage.

Sans la quitter du regard, il se leva et déboutonna sa chemise. D'un seul coup, elle se redressa et, merveilleuse de grâce, caressa son torse dénudé. Le frémissement de sa peau sous ses doigts suscita un trouble presque douloureux. Elle referma les yeux, se laissa retomber sur le lit.

Lorsque Casey s'approcha du lit, elle entrouvrit les lèvres. Avec fièvre, il s'empara de sa bouche. Et ce fut de nouveau une sensation exquise, née du délice de le sentir penché sur elle.

Rejetée en arrière, elle l'attira plus près d'elle, sans cesser de le caresser de mille façons. Elle avait envers lui des élans qu'elle n'aurait jamais soupçonnés.

Le regard noyé de volupté, il s'écarta un peu, fit glisser les bretelles de son bain de soleil et resta, un instant, pétrifié par la beauté de son buste avant d'y poser ses lèvres.

Puis, tout à coup, il la dénuda. Un à un, ses vêtements tombèrent sur la descente de lit.

Combien de fois n'avait-il pas rêvé de ce corps... Et Cathleen était là, enfin, tremblante de passion, enflammée, frémissante.

Audacieuses, ses mains caressèrent ses jambes, puis ses hanches dont elles savourèrent un instant la rondeur avant de glisser sous l'ultime

120

voile où la peau de Cathleen avait la fraîcheur du jasmin.

Troublé, il retira délicatement le petit sous-vêtement de dentelle noire, et, tandis qu'elle se blottissait contre lui, il sentit la fièvre le gagner.

Leurs bouches s'unirent avec frénésie ; leurs mains se cherchèrent. Les yeux clos, elle s'offrit. Peu à peu, emportée par un tourbillon de feu, elle s'agrippa à lui, balbutiante, le visage inondé de larmes, livrée tout entière à cet amour surgi du plus profond d'elle-même.

Dans un élan subit, Casey la fit sienne.

Unis l'un à l'autre, leurs lèvres intimement mêlées, ils s'envolèrent d'un même rythme, d'un même souffle vers les sommets de la volupté où leur communion fut absolue.

Tendrement enlacés, ils connurent cette trêve de douceur qui suit l'amour et ne pensèrent plus qu'à l'instant présent et à la joie partagée.

— Tu es si belle, murmura Casey au bout d'un long moment, lorsque sa respiration eut repris son rythme normal. Je passerais volontiers ma vie à t'aimer.

Longtemps, ils restèrent l'un contre l'autre, bavardèrent et rirent en toute liberté. Puis vint le moment où Casey proposa des toasts et une tasse de thé. Tandis qu'elle s'habillait, il la précéda dans la cuisine et fit le tour des placards.

— Des œufs et du pain grillé, cela vous convient ? demanda-t-il.

— Parfaitement.

Songeuse, elle le regarda sortir une poêle et le grille-pain. Ainsi le pas était franchi ! Devrait-elle en souffrir, ce serait sans regret.

— A quoi pensez-vous ? demanda-t-il.

— A vous ?

— Seriez-vous amoureuse ?

Embarrassée, elle changea de conversation.

— J'ai toujours rêvé de pouvoir... casser des œufs d'une seule main !

— Je vous apprendrai, Cathleen...

Ils se sourirent, heureux d'être ensemble.

Tandis que les œufs brouillés au fromage finissaient de cuire, Casey sortit un pain croustillant du placard.

— C'est vous qui avez fait cette merveille ? s'étonna Cathleen.

— Non. C'est ma cuisinière.

— Elle est dans la maison ?

— Non, c'est son jour de sortie. Voulez-vous de la confiture ? Orange, fraise, groseille, myrtille...

— Merci. Je n'en mange jamais. Mais d'où sortez-vous tous ces trésors ?

— Ce sont des cadeaux. Vous n'en recevez pas, vous aussi, à Noël ?

— Parfois, mais pas autant.

— Moi, j'en suis envahi. Les gens ne savent qu'inventer pour me plaire...

Il mit rapidement le couvert, dans la cuisine, et la servit.

— Je n'ai pas de jus d'orange, malheureusement, mais je peux vous offrir du thé.

— Un verre d'eau me suffit. Mais, dites-moi, vous prenez toujours votre petit déjeuner l'après-midi ?

— Non, pas toujours.

Comme elle savourait une première bouchée, elle le félicita.

— Hmmm, fit-elle, c'est joliment bon !

— Hélas ! Mes talents culinaires s'arrêtent là.

Tout en mangeant, elle se décida à lui poser une question qui lui tenait à cœur.

— Vous avez dit l'autre jour que vous deviez beaucoup à Dusty et que vous souhaitiez l'aider... Est-ce vous qui avez payé ses frais de clinique ?

— Absolument pas. Je ne savais même pas qu'il suivait une cure.

— Ce n'est pas Jack non plus. Je me demande quel est le généreux donateur ?

— J'ai une petite idée, mais vous n'allez pas me croire.

— Qui ?

— Votre mère.

— Vous divaguez !

— J'étais sûr...

— Pourquoi Stella dépenserait-elle un sou pour Dusty ?

— Je crois que vous la connaissez mal... Mais je n'ai pas envie de me disputer avec vous à son propos. J'aurais aussi bien fait de me taire. Vous êtes tellement partiale ! N'oubliez pas qu'il faut être deux pour ruiner une entente conjugale.

— Dusty ne voulait pas se séparer d'elle. Il l'aimait. Et sans doute l'aime-t-il encore.

— Peut-être. Et d'une certaine façon, Stella aussi, probablement.

— Après trois autres mariages !

— Cela plaiderait plutôt en faveur de ce que j'avance. Ma chérie, Dusty a sa part de responsabilité dans leur divorce ; il buvait et jouait... bien avant que Stella ne le quitte.

— J'aurais dû m'attendre à ce que vous preniez sa défense. Etes-vous toujours amoureux d'elle ? Ne voyez-vous en moi que la fille de Stella ?

Il se leva d'un bond et la prit par les épaules.

— Ne soyez pas ridicule ! dit-il. C'est vous que je désire.

— Pardonnez-moi. Vous devez me trouver odieuse.

— Non. Je crois seulement que vous avez beaucoup souffert à cause d'elle. Alors, vous avez préféré l'exclure de votre vie. Sans doute est-ce salutaire, pour un temps. Mais viendra un jour où il faudra regarder la vérité en face, sinon vous vieillirez dans l'aigreur et la rancune.

Il lui prit les mains pour l'apaiser.

— Peut-être devriez-vous aller la voir ?

— Sûrement pas ! Si vous espérez nous réconcilier, vous faites fausse route. Il y a longtemps que nous n'éprouvons plus rien l'une pour l'autre.

— Cela m'étonnerait.

Elle retira sa main de la sienne pour ne pas lui montrer qu'elle tremblait. Ses vieilles blessures se rouvraient si facilement ! Elle n'allait pas laisser Casey l'entraîner sur cette pente dangereuse.

— Peut-être pourrions-nous parler d'autre chose ? suggéra-t-elle.

— Bien sûr. Vous voulez visiter la propriété ? Voir les écuries ?

— Oh ! Oui ! Quelle bonne idée !

Aussitôt dit, aussitôt fait. Ils sortirent par la porte de la cuisine, traversèrent une pelouse et longèrent la piscine près de laquelle il y avait plusieurs chaises longues, une table et un parasol replié.

Cathleen s'imaginait très bien allongée, à l'ombre, un livre à la main, avec Casey à ses côtés, toujours prêt à la prendre dans ses bras. Une douce chaleur l'envahit ; le rouge lui monta aux joues.

Ils arrivèrent devant le bâtiment blanc qu'elle avait aperçu en arrivant.

— Voilà les écuries, dit-il. J'ai plusieurs chevaux que je fais courir en Californie.

— Vous avez déjà gagné ?

— Plusieurs fois... Une promenade à cheval, cela vous dit ?

— Je ne suis pas monté sur un cheval depuis mon enfance !

— Nous irons doucement.

Il lui fit seller une jeune jument tandis qu'il enfourchait sa monture favorite, un superbe alezan de trois ans. Ils partirent tranquillement au pas, à travers champs.

Ils ne rentrèrent qu'au coucher du soleil. Cathleen, navrée que l'après-midi ait passé si vite, se consola en songeant avec ravissement à la soirée qui l'attendait.

Comme s'il avait deviné ses pensées, il la retint dans ses bras au moment où il l'aidait à descendre de cheval.

— Restez avec moi, Cathleen. Je voudrais me réveiller à vos côtés demain matin.

Elle hésita. Surtout parce qu'elle craignait que Dusty ne s'inquiète de son absence... ou n'en profite pour reprendre ses mauvaises habitudes.

— Entendu, finit-elle par dire. Mais je voudrais téléphoner à papa ; il va s'affoler s'il ne me voit pas revenir.

— Je vous en prie. Il y a un téléphone sur ma table de nuit.

La main dans la main, ils allèrent dans sa chambre. Tandis qu'elle téléphonait, Casey s'enferma dans la salle de bains. Elle l'entendit ouvrir la douche et fredonner. Le sourire aux lèvres, elle s'attendrit un instant puis composa son numéro.

126

Ce ne fut pas son père qui lui répondit.

— Jack ? interrogea-t-elle... Est-ce que Dusty... ?

— Cathy ! Où êtes-vous ? Nous étions malades d'inquiétude.

— Excusez-moi. J'ai oublié de laisser un mot. Je suis allée chez Liz Chase avec Casey et après nous avons...

Un brouhaha lui coupa la parole puis son père vint à l'appareil :

— Ma chérie, rentre vite, dit-il d'un ton angoissé. C'est le drame, ici !

Chapitre 10

Paralysée par la peur, Cathleen resta un moment sans voix.

— Que se passe-t-il ? finit-elle par articuler péniblement.

— Lynette est là, en larmes. Elle a quitté son mari. Elle veut divorcer. Elle revient s'installer à la maison.

Cathleen s'adressa aussitôt des reproches. Lynette ! Elle l'avait presque totalement oubliée. Sa sœur lui avait pourtant laissé entendre que ses relations avec son mari n'étaient pas des meilleures. Cathleen s'était juré d'aller passer quelques heures avec elle. Mais la sortie de clinique de Dusty, l'enregistrement, le projet de tournée et surtout l'irruption de Casey dans sa vie l'avaient entraînée dans un véritable tourbillon. Maintenant, il était peut-être trop tard !

— Elle est dans tous ses états, reprit Dusty. Tu devrais lui parler...

— J'arrive dès que je peux. A tout de suite.

Lorsqu'elle raccrocha, Casey sortait de la salle de bains.

Voyant sa pâleur, il lui demanda :

— Que vous arrive-t-il ?

— Il faut que je rentre, répondit-elle avec un profond soupir.

Elle aurait tellement préféré rester avec lui !

— Lynette a quitté Michael. Elle n'est pas bien.

— Pourquoi vous précipiter ainsi ? Attendez demain.

— Non. Je me sens coupable. Je savais que ma sœur traversait une période difficile et j'ai omis d'aller la voir. Peut-être n'est-il pas trop tard pour lui venir en aide

— Quelques heures ne changeront rien à l'affaire.

— Pour Lynette, si. Seriez-vous égoïste ? Ma sœur a besoin de moi... C'est important...

— Elle est adulte, que je sache. Enfin ! Cathleen, vous n'allez pas prendre en charge tous les membres de votre famille !

Comment pouvait-il être aussi froid, aussi insensible ?

— Je veux m'en aller, répondit-elle, glaciale.

— Bien, je vous raccompagne. Excusez-moi mais je supporte mal de ne pas être au premier rang de vos préoccupations.

Cathleen le dévisagea, stupéfaite. Tout allait trop vite entre elle et Casey...

Elle le suivit tristement jusqu'à sa voiture. Etait-il vraiment fâché ? Lui en voulait-il réellement de lui avoir préféré sa sœur et de s'être montrée aussi froide ? Elle ne pouvait croire que tout soit fini entre eux, désormais.

Les yeux pleins de larmes, elle s'installa à côté

de lui et regarda délibérément par la vitre ; elle ne voulait pas qu'il la vît pleurer. Lorsque, doucement, il lui mit la main sur le bras, elle sursauta.

— Navré, dit-il, d'ajouter ainsi à vos problèmes. Je trouve anormal que tout le monde se décharge de ses soucis sur vous, et je ne vous épargne pas non plus. Mais n'y voyez que de la déception. J'aimerais tant ne pas avoir à vous partager avec qui que ce soit. Enfin... Je dois reconnaître que vous êtes une jeune personne résolue et très généreuse.

Il lui prit la main et la porta à ses lèvres. Malgré ses larmes, Cathleen lui sourit, très émue.

— Moi aussi, je regrette de partir. Mais Lynette a besoin de moi en ce moment.

— Croyez-vous qu'il n'en soit pas de même pour moi ?

— Casey... Quand êtes-vous réellement sincère ?

— Avec vous, toujours.

— Il est vrai que je ne fais confiance à personne.

— Avec un père comme le vôtre, vous avez quelques raisons d'être méfiante.

Elle se rapprocha de lui. Il lui passa le bras autour des épaules. Aussitôt elle se détendit. Il ne la rejetait pas ! L'espoir lui revint.

Devant chez elle, une longue file de voitures

attendait, comme si toute la ville s'était donné rendez-vous là.

— Il y a foule chez vous, fit remarquer Casey. Qui sont ces gens ?

— Jack, papa, Lynette... Peut-être Michael, je ne sais pas.

— Jack a choisi le bon moment pour rendre visite à Dusty !

— Casey ! Il n'y a pas de quoi rire !

— Oh ! mais si ! Mieux vaut rire que pleurer. Vous prenez tout trop à cœur. Vous allez vous rendre malade. Chacun a ses propres difficultés qu'il doit essayer de résoudre.

— Un peu cynique, comme raisonnement ! Non ?

— Réaliste. Vous ne pouvez pas vivre la vie des autres.

Dès qu'ils eurent fait le tour de la maison, des éclats de voix leur parvinrent.

Toute la famille était réunie au salon ; Dusty, les yeux fermés, affalé dans un fauteuil taquinait sa guitare ; Lynette et son mari, chacun à un bout du canapé, se disputaient comme chien et chat et Jack, les mains dans les poches, les dents serrées, avait l'air sombre.

Assise près de Lynette, une femme la tenait par les épaules. Cathleen s'arrêta net ; leur mère était là, elle aussi !

La situation était pire que tout ce qu'elle avait imaginé... Tout le monde s'agitait, sauf Dusty. Et

Cathleen se crut revenue des années en arrière. Le sourire de Casey, heureusement, lui redonna courage.

— Lynette! appela-t-elle, mais sans résultat.

Sa sœur comme sa mère s'acharnaient sur Michael.

— Elle ne veut plus vous voir, criait Stella. Si vous aviez un peu de délicatesse, vous disparaîtriez.

Lynette parlait à tort et à travers, Michael en venait aux injures. Quant à Jack, il haussait les épaules dans son coin.

Excédé mais très calme, Casey considéra un instant la scène puis mit deux doigts dans sa bouche et siffla; le silence fut instantané.

Tous les regards convergèrent vers lui et Cathleen.

— Dieu merci! te voilà, fit Dusty.

— Cathy! s'exclama Lynette.

Elle se précipita aussitôt dans les bras de sa sœur.

— Cathy! répéta Michael. Vous arrivez bien. Je ne comprends rien à ce qui m'arrive.

Lasse avant même d'avoir prononcé une parole, Cathleen se tourna vers Casey. Il comprit son appel.

— Vous devriez tous sortir, dit-il... Cathleen doit parler à sa sœur.

Après une brève hésitation, chacun obtempéra

sauf Michael. Casey le regarda d'un air méfiant, puis demanda à Cathleen :

— Vous n'avez plus besoin d'aide ?

— Non, je vous remercie.

L'air déconfit de Michael lui donna presque envie de rire.

— Bon, alors je vous laisse. Je vous appelle demain.

— Entendu.

Cathleen conseilla à sa sœur de monter dans sa chambre et de se calmer. Lorsqu'elle fut seule avec Michael, elle l'interrogea.

— Enfin pouvez-vous m'expliquer ce qui se passe ?

— Voilà. Je suis rentré du bureau et j'ai trouvé un mot de Lynette me disant qu'elle retournait chez son père et souhaitait entamer une procédure de divorce. J'en suis resté pantois. Il y a quelque temps, elle est allée une semaine à New York. Compte tenu de mon travail, je n'ai pas pu l'accompagner. Elle n'a pas eu l'air de s'en formaliser. Il n'était pas question de la priver de ce plaisir... Vous savez ce que c'est... les courses, les pièces de théâtre... Peut-être, m'en a-t-elle voulu. En tout cas, je ne vois rien d'autre. Elle refuse de s'expliquer.

— Je vais lui parler. On verra bien. Quand elle se sentira mieux, elle sera peut-être en mesure de s'exprimer. Je ferai tout ce que je pourrai.

— Cathleen, je vous remercie infiniment.

133

— En attendant, rentrez chez vous. Lynette a sûrement besoin d'être seule pour y voir clair.

— Sans doute avez-vous raison. D'ailleurs, je suis épuisé et j'ai un rendez-vous demain de très bonne heure.

— Je vous tiendrai au courant, promit-elle.

Il lui souhaita une bonne nuit. Elle l'accompagna jusqu'à la porte et monta dans sa chambre.

Lynette commença par pleurer tout son saoul. Puis vint le moment où elle essuya ses larmes.

— Je suis désolée ; excuse-moi. Je n'imaginais pas que Michael me poursuivrait jusqu'ici. Comme tu n'étais pas là, j'ai appelé maman. Si j'avais su qu'elle viendrait si vite, je n'aurais pas téléphoné.

— Je suis navrée de ne pas avoir été là.

— Je t'en prie. J'ignorais que Casey et toi... Cathleen l'interrompit.

— Je te rappelle que nous sommes ici pour parler de toi.

— Ta vie amoureuse est certainement plus passionnante que ma vie conjugale.

— Michael m'a dit qu'il n'était pas allé à New York avec toi.

— Certes ! mais cela n'a rien à voir. Je veux me séparer de Michael. Demain je vois un avocat.

— Mais pourquoi ? Qu'est-il arrivé ?

— Tout et rien. Je suis simplement fatiguée de cette existence. Je ne supporte plus d'être une Stokes. Je ne suis pas de leur monde et ils ne

134

perdent aucune occasion de me le rappeler. Quel que soit le succès de nos parents, nous ne sommes que des saltimbanques !

— Tu connaissais leur snobisme. Alors qu'y a-t-il d'autre ?

— Tous ces gens m'ennuient. Leurs distractions m'horripilent... le bal annuel, les courses... Quel intérêt y a-t-il, veux-tu me dire, à porter une robe de huit cents dollars, des talons hauts et un chapeau ridicule pour se montrer à l'hippodrome ?

— Aucun, je te l'accorde ! répondit Cathleen en riant. Mais tu prétendais que cela t'amusait.

— Au début, oui. Mais on a vite fait le tour de ce genre de plaisirs ! J'étais convaincue qu'en épousant un Stokes tous mes problèmes seraient résolus. Je pensais être aimée, avoir une vraie famille, un nom, un passé auquel me raccrocher... Sans parler de la stabilité, du calme... Pas de disputes, pas d'éclats, plus d'allées et venues à toute heure du jour et de la nuit ; plus de tournées interminables... Rien ne me paraissait plus enviable que la vie honorable et distinguée des Stokes. Mais changer de milieu ne m'a pas transformée pour autant. Je suis toujours Lynette Richards, la petite fille pour qui on écrivait des ballades. Nos parents avaient une existence insensée mais j'ai gardé la nostalgie de cette vie. Je m'ennuie à mourir, Cathleen.

— Tu l'as dit à Michael ?

— Pour quoi faire ? Comment veux-tu qu'il comprenne ? Ce n'est sûrement pas sa mère qui aurait pu, après une absence de huit semaines, entrer dans sa chambre à trois heures du matin avec une glace à la fraise. Tu te souviens ?

Cathleen hocha la tête et sourit.

Lynette continua :

— De telles différences ne facilitent pas la compréhension mutuelle. J'imagine mal son enfance, lui encore moins la mienne. Cependant, il exige que je me comporte comme si j'avais reçu la même éducation que lui et fait les mêmes études. Je ne partage pas ses émotions. En un mot, je suis lasse de lui.

— Je n'aurais jamais imaginé...

— Je crois qu'à sa façon, il m'adore. Il n'oublie jamais une fête ou un anniversaire. Il me fait de somptueux cadeaux. Mais jamais il ne me regarde comme Dusty regardait Stella. Il manque totalement de fantaisie. Je ne pense pas avoir jamais éprouvé pour lui des sentiments aussi forts que ceux de Dusty envers Stella.

Quelques semaines plus tôt Cathleen n'aurait certes pas saisi toute la gravité de la situation. Mais, après les heures qu'elle venait de passer avec Casey, elle comprenait Lynette et elle la plaignait du fond du cœur.

— Ma pauvre chérie ! dit-elle simplement, dans un soupir.

136

— Tu sais ce dont je parle. Tu le vis avec Casey.

Cathleen approuva silencieusement.

— Rien ne tient devant l'amour, reprit-elle, je parle de cette étincelle qui jaillit un jour ou l'autre entre deux êtres.

— Même au prix de trahisons ou de larmes ?

— Probablement. Cathy... tu te souviens lorsque tu es venue m'annoncer que Metcalf allait écouter Dusty ?

— Oui. Tu avais l'air en difficulté...

— Je voulais t'avouer quelque chose. Mais je n'ai pas osé.

— Je t'écoute.

— Eh bien !... j'ai trompé Michael.

— Tu... tu aimes quelqu'un d'autre ?

— Non. L'amour n'a rien à voir avec ce genre d'aventures... Ne me regarde pas ainsi ! Ne reste pas comme ça la bouche ouverte !

— Mais pourquoi ? Je comprends que l'on soit amoureux mais...

— Je cherche celui qui saura éveiller en moi une émotion semblable à celle qui a fait vibrer nos parents.

— Tu n'en as aimé aucun ?

— Non. Un moment, j'ai été flattée par les compliments qu'on m'adressait, les attentions que l'on me prodiguait. Je me sentais admirée, désirée. Mais cet émoi qui naît de l'amour, je ne l'ai encore jamais connu. C'est à désespérer...

— Lynette ! Comment veux-tu éprouver un sentiment profond pour quelqu'un que tu connais à peine ?

— Et avec Michael ?

— Cela ne prouve rien. Vous n'êtes pas faits l'un pour l'autre, tout simplement.

— Quand je l'ai connu, j'ai été sensible à son charme. En réalité je pense que la vie qu'il me proposait a compté pour beaucoup dans mon choix. Maintenant, j'en suis sûre, je ne l'aime pas.

Cathleen soupira. Que de complications !

— Tu m'en veux ? demanda Lynette.

— Bien sûr que non. Rien n'entamera jamais mon affection pour toi. En revanche, je n'aime pas te voir triste ni t'entendre parler ainsi.

Confondue par tant de gentillesse, Lynette se jeta au cou de sa sœur.

— Oh ! Cathy ! tu es merveilleuse !

— Tu devrais dormir maintenant. Demain tu y verras plus clair.

— Tu as raison. D'autant que j'ai eu un sommeil agité tous ces temps-ci.

Quelques instants plus tard, elles se glissèrent toutes deux dans les lits de leur enfance.

— Tu es la seule personne en qui j'aie confiance et sur qui je puisse compter, avoua Lynette avant d'éteindre. Et toi ?

— Moi aussi, répondit Cathleen.

— Normalement, c'est aux parents de jouer ce rôle.

138

— Oui, que veux-tu, on ne peut pas tout avoir. Dors bien.

— Toi aussi.

Ce fut le téléphone qui réveilla Cathleen. Elle étouffa un bâillement et décrocha le combiné.

— Allô ?

— Bonjour, chérie. Bien dormi ?

— Casey !

— Moi-même. Votre sœur et votre beau-frère ont-ils fini par s'en aller hier soir ?

— Michael, oui, mais Lynette est restée.

— Momentanément ou pour de bon ?

Avant d'aller plus loin, Cathleen jeta un coup d'œil au lit de sa sœur. Il était vide et la salle de bains silencieuse. Elle pouvait parler librement.

— Pour un certain temps, je crois. Il se peut qu'elle change d'avis mais hier soir elle était formelle : elle veut quitter Michael.

— Désolé.

— Eh oui ! Il est bien difficile de réussir une vie de couple. Notez qu'avec l'exemple qu'elle a eu...

— Je ne sais pas si l'on peut être influencés à ce point.

— C'est-à-dire ?

— Nous sommes responsables de nos destinées. Nos parents ont un rôle, bien sûr, mais la manière dont nous menons notre vie dépend essentiellement de nous. Pas des autres.

— Quel philosophe vous faites !

139

— Ne vous moquez pas. J'aimerais passer la journée avec vous.

— Qui vous dit que je vais accepter ?

— Répondez-moi.

— Eh bien ! Oui.

Peut-être aurait-elle dû rester avec Lynette mais elle lui avait déjà sacrifié une soirée qui aurait pu être mémorable...

— Je viens vous chercher dans une heure, dit-il.

— Parfait. Je serai prête.

Cathleen sauta hors du lit, soudain pleine d'énergie. Elle se précipita sous la douche, se savonna en fredonnant, et se sécha en chantant à tue-tête un succès de sa mère.

— Les auditions sont à quatre heures seulement ! entendit-elle de l'autre côté de la porte.

Lynette avait l'air de meilleure humeur que la veille. Cathleen eut moins de scrupules à l'abandonner ; elle se maquilla rapidement et rentra dans sa chambre pour s'habiller.

— Je t'ai monté du café, annonça Lynette.

— Oh ! Merci. Hmmm, délicieux, ajouta-t-elle en avalant le breuvage brûlant.

— Tu veux que je te coiffe ?

— Comme autrefois ? Avec plaisir.

Lynette lui brossa longuement les cheveux puis lui fit deux fines nattes qu'elle réunit sur sa nuque à l'aide d'une barrette.

— Cela te convient ?

— Parfait. Et maintenant allons déjeuner.

Elles s'installèrent devant un bol de céréales et de lait froid et mangèrent en silence jusqu'à ce que Cathleen entende la voiture de Casey. Elle se précipita au-devant de lui.

Dès qu'elle l'eut rejoint, il la souleva de terre et l'embrassa tendrement. Elle avait craint qu'il ne lui en veuille de l'avoir abandonné la veille. Mais maintenant elle était rassurée. Comme hier, leur journée serait un enchantement.

— Vous voulez un café ?

— Pourquoi pas ?

Ils entrèrent dans la cuisine, la main dans la main.

— Salut, Casey, s'écria Lynette avec un joyeux sourire. Désolée pour hier.

— Je vous en prie. J'ai vu pire.

A cet instant, Cathleen remarqua à quel point sa sœur était ravissante ce matin-là. Ses larmes de la veille n'avaient laissé aucune trace. Elle portait un ensemble de toile rousse qui lui allait à ravir. Soudain le cœur de Cathleen se serra. Le doute l'assaillit.

Lynette ressemblait beaucoup à leur mère. Casey n'avait peut-être pas dit la vérité à propos de ses relations avec Stella... Alors, elle se mit à les observer...

Chapitre 11

Lynette offrit à Casey une tasse de café. Cathleen en prit ombrage. Lynette lui faisait du charme et bavardait avec lui comme si sa sœur n'était pas là.

Craignant que Casey ne se laisse séduire par Lynette, tant sa ressemblance avec Stella était grande, Cathleen ne savait qu'inventer pour faire diversion.

Dieu merci, on frappa à la porte ; Cathleen se précipita ; c'était Jack. Avec toute la finesse qui le caractérisait, il allait certainement la tirer de ce mauvais pas.

Elle l'accueillit avec un sourire radieux. Il salua Casey et embrassa Lynette.

— Je suis venu voir où vous en étiez après l'orage d'hier. Tu n'es pas retournée chez ton mari ?

— Non. J'en ai par-dessus la tête des Stokes. Je ne me sens bien qu'ici.

— Dans la cuisine ? Moi qui voulais t'emmener au studio ! J'enregistre tout à l'heure et je pensais que cela t'amuserait de te retrouver à la *Sunburst*.

— Et comment ! Je vais chercher mon sac et je vous suis.

Dès qu'elle fut sortie, Cathleen le remercia d'un

142

sourire auquel il répondit par un clin d'œil complice.

Cet échange ne fut pas du goût de Casey qui reposa violemment sa tasse, éclaboussant la table de café. Quant à Jack, il le foudroya du regard.

Lynette redescendit et, trente secondes plus tard, elle et Jack étaient partis.

— Allons-nous-en avant que quelqu'un d'autre n'ait l'idée de venir vous rendre visite ! grommela Casey, dont l'humeur ne semblait pas s'arranger.

Joignant le geste à la parole, il saisit Cathleen par le poignet et l'obligea à se lever.

— Attention ! protesta-t-elle, vous me faites mal.

— Vous venez ou vous restez ?

— Je viens, bien sûr !

— Alors, qu'attendez-vous ?

Les larmes aux yeux, elle le suivit. Pourquoi était-il aussi furieux ? Parce que Jack avait emmené Lynette ? Casey ne l'avait pas rencontrée depuis des années. Il ne pouvait tout de même pas être tombé amoureux en quelques minutes. Et pourtant... Il réagissait comme s'il était jaloux !

Il s'installa au volant mais ne démarra pas tout de suite et, se tournant vers Cathleen, il lui demanda avec impatience :

— Que se passe-t-il ? Vous m'accueillez

comme si tout allait bien et puis soudain le
silence, l'indifférence...

— Je n'avais rien à dire.

— Alors pourquoi vouloir rester et bavarder ?

— Moi ? Vous venez de dire que je n'avais pas
ouvert la bouche ! •

— Non, mais vous ne vouliez pas partir.

— Pas du tout !

— Enfin n'est-ce pas vous qui m'avez proposé
d'entrer, de m'asseoir et de prendre un café ?

— Vous aviez l'air content de discuter avec
Lynette.

— Pourquoi pas ? Et puis je préfère votre sœur
à Jack Beaudry ! Que fait-il tout le temps chez
vous ?

— C'est un ami. Le meilleur qu'ait jamais eu
Dusty. Pourquoi ne viendrait-il pas ?

— Dusty n'était pas là, que je sache. Vous
croyez que je n'ai pas vu ces sourires et ces clins
d'œil entre vous ?

— De quoi parlez-vous ? insista Cathleen, per-
plexe.

— Vous savez très bien ce que je veux dire.
Jack s'intéresse à vous ? Pourtant, il pourrait être
votre père !

— Et je le considère comme tel.

— Je n'ai pas aimé la manière dont il vous
regardait.

— C'est insensé !

— Cet homme est amoureux de vous !

144

— Vous voulez rire !

— Pas du tout ; hier soir quand nous sommes arrivés, on aurait dit que la foudre venait de lui tomber sur la tête.

— Il a été surpris, tout simplement. Depuis des années, je lui répète que je vous déteste.

— Non. Il a senti que nous nous aimions. N'importe qui pouvait le comprendre en nous voyant.

— Pour lui, je suis encore une petite fille. Il a été étonné ; mais cela ne signifie pas pour autant qu'il soit amoureux de moi. C'est ridicule ! Je le connais depuis toujours.

— Et moi ? Vous ne m'avez pas rencontré la semaine dernière !

— Vous êtes complètement fou !

— Je suis jaloux ! Je me moque que Jack Beaudry vous aime ou non. Ce qui m'intéresse c'est votre réaction à vous.

— Moi ? Mais je vous l'ai dit, je n'ai qu'une immense tendresse pour lui ! Jamais... Quelle conversation stupide !

— Alors pourquoi ces airs de conspirateurs, tout à l'heure ?

— Dès qu'il est entré, Jack a compris ce qui se passait ; Lynette vous faisait des grâces et j'étais inquiète. Alors, il l'a emmenée pour me faire plaisir. Je lui ai souri pour le remercier et d'un clin d'œil il m'a fait savoir qu'il était content d'avoir deviné juste.

— Lynette me faisait des grâces ? Où avez-vous vu cela ?

— J'étais là. Je ne suis pas aveugle, moi non plus. Et pas aussi stupide que vous semblez le croire.

— Cathy ! s'esclaffa Casey. Que c'est drôle ! Vous étiez jalouse parce que Lynette me parlait et moi j'étais furieux de vous voir échanger des signes d'intelligence avec Jack !

— Vous étiez vraiment jaloux de Jack ?

— Bien sûr. Vous vous tourniez constamment vers lui... Je me sentais exclu... Une fois dans la voiture, vous vous êtes assise loin de moi. Je ne savais plus que penser.

Il lui tendit la main et Cathleen se rapprocha.

— Pourquoi l'attitude de Lynette vous a-t-elle inquiétée ? Votre sœur a toujours eu ce comportement avec les hommes, non ?

— Oui. Cela lui est aussi naturel que de respirer. Elle est bien la fille de sa mère !

Soudain Casey comprit.

— Nous y voilà ! Vous vous figurez que je suis à la recherche d'une seconde Stella ?

Cathleen baissa les yeux.

Il lui prit la main, la porta à ses lèvres.

— Combien de temps vous faudra-t-il, pour admettre que je ne suis plus amoureux de Stella, si tant est que je l'aie jamais été. Elle me fascinait mais elle était la femme de Dusty... Et puis, il y a eu d'autres femmes. Mais j'avoue que je n'ai

146

jamais été aussi jaloux que tout à l'heure. Et si je vous dis que la nuit dernière, je me suis senti terriblement esseulé, cela vous rassure ?

— Je vous ai vraiment manqué ?

— Oh ! Cathy !

Il lui prit les lèvres et l'embrassa avec une ferveur et une passion qui ne laissèrent plus place au doute dans l'esprit de Cathleen.

S'arrachant à ses bras, il mit le contact et démarra. Durant le trajet ils n'échangèrent que quelques mots mais leurs regards disaient leur impatience.

— Votre cuisinière est-elle là aujourd'hui ? demanda Cathleen alors qu'ils franchissaient la grille d'entrée.

— Oui, mais elle ne nous dérangera pas.

— Elle n'entrera pas dans votre chambre pour vous annoncer que le déjeuner est servi ?

— Pas si elle tient à garder sa place.

Il se gara en douceur devant la porte.

— Venez, dit-il.

Dans le hall ils croisèrent la cuisinière. Casey fit les présentations. Elle salua Cathleen avec respect avant de s'adresser à Casey :

— Voulez-vous quelque chose à boire ou à manger, monsieur Casey ?

— Des sandwichs et de la limonade seraient les bienvenus, répondit-il à la grande surprise de Cathleen.

Puis il ajouta d'un air détaché.

— Près de la piscine, dans deux heures. D'ici là... nous allons... répéter.

— Répéter ? s'étonna Cathleen malicieuse, tandis qu'elle le suivait dans sa chambre. Pourquoi ? Notre duo n'est pas au point ?

— Taisez-vous, sorcière ! répliqua-t-il en riant. C'est la première fois qu'en galante compagnie je me sens gêné devant Mme Andrews.

Et sans plus attendre, il l'enlaça, la serra contre lui, enfouit son visage dans son cou, tout en murmurant des mots de tendresse.

— Aimez-moi, Casey. Aimez-moi !

Il la porta sur le lit, se dévêtit en un tournemain et la déshabilla tout aussi prestement.

Il lui fallait sans plus attendre caresser la peau dorée de Cathleen, lui plaire et l'exalter, lui arracher enfin soupirs et gémissements, s'envoler avec elle sur les ailes de l'amour...

Bientôt, ils s'unirent dans un même élan de passion. Etre deux et ne plus faire qu'un ! Jamais Cathleen n'avait osé rêver que ce fût possible à ce degré de perfection ; elle aurait voulu que leur ascension vers le total accomplissement durât éternellement, et en même temps le feu qui la dévorait la brûlait si fort qu'elle souhaita l'assouvissement comme une délivrance !

Partageant une joie miraculeuse, ils atteignirent les mêmes sommets. Puis les yeux à demi fermés, longtemps, ils demeurèrent enlacés, à s'embrasser et se caresser jusqu'à ce que leur appétit les rappelle à la réalité. Ils se levèrent alors avec l'intention d'aller déjeuner mais, sous la douche, leurs jeux amoureux les emportèrent si loin qu'ils voulurent s'aimer une fois de plus.

Lorsque enfin ils quittèrent la chambre, le soleil avait tourné, les sandwichs s'étaient desséchés... Peu importait : le bonheur d'être ensemble leur suffisait.

Ils terminèrent la journée au studio, en répétant inlassablement leur duo pour le banquet en l'honneur de Dusty. Ils essayèrent d'innombrables chansons avant d'en choisir trois, les modifièrent quelque peu pour permettre à la voix de Cathleen de s'épanouir parfaitement. Lorsqu'ils furent enfin satisfaits du résultat, la nuit était tombée.

— Ne me dites pas qu'il faut que je vous raccompagne chez vous, gémit Casey.

— Non, répondit Cathleen, le regard enflammé. Je peux rester si vous le voulez.

— Si je veux... Voyons, Cathleen !

Les semaines qui suivirent furent les plus heureuses que Cathleen ait jamais vécues.

Elle partagea son temps entre la préparation de sa tournée, les essayages chez Liz Chase, les émissions de radio et de télévision pour le lancement de l'album enregistré avec Dusty et Casey. Celui-ci l'accompagnait, venait la voir chez elle ou bien encore l'emmenait chez lui.

De temps à autre, elle avait un peu honte d'abandonner aussi souvent Lynette bien que sa sœur sortît de plus en plus fréquemment avec Jack. Elle oublia donc ses scrupules pour ne plus penser qu'à son bonheur.

Une seule chose la chagrinait encore un peu : que Casey soit obligé de quitter son domaine chaque fois qu'il voulait la voir. Elle lui proposa donc de venir à lui par ses propres moyens.

— Avec votre vieux tas de ferraille ! protesta-t-il. Vous risquez de vous tuer !

— Mais elle marche très bien, ma voiture ! Jack y veille.

L'allusion à Jack le fit tiquer mais il ne la releva pas.

— J'accepte si vous me laissez vous offrir une nouvelle voiture.

— Pas question.

— Pourquoi ? J'ai bien le droit de vous faire un cadeau d'anniversaire.

— C'est dans six mois. On a le temps d'y réfléchir.

— Voyons, Cathleen !

— Non, non et non !

— Quelle entêtée ! Je ne cherche pas à vous séduire. Il y a longtemps que c'est fait, plaisanta-t-il. Mais cela me ferait plaisir.

Finalement, elle accepta d'échanger sa vieille guimbarde contre une petite cylindrée japonaise flambant neuve mais insista pour la payer de ses deniers. Casey lui remit un décodeur qui commandait l'ouverture de la grille mais elle ne prit jamais l'initiative d'aller chez lui sans qu'il le lui demandât... ce qu'il ne manqua pas de faire presque chaque jour. Jamais il ne semblait las de sa présence.

Ils firent de nombreuses promenades à cheval, se baignèrent dans la piscine, répétèrent leur duo et s'aimèrent en toute liberté, parfois dans le parc et même un jour dans la piscine où ils étaient tombés tout habillés alors qu'ils se poursuivaient en riant.

La nuit suivante, Cathleen se réveilla en sursaut sans comprendre pourquoi. Casey dormait paisiblement à ses côtés et rien ne s'était produit, les jours précédents, qui puisse la tourmenter.

Elle se leva et, le front appuyé contre la fenêtre, elle regarda l'aube pointer. Elle ne se sentait nullement nerveuse. Au contraire... Tout à coup, au milieu de sa rêverie, elle se rendit compte qu'elle aimait Casey. Etrangement, après avoir tant détesté le chanteur, elle trouva cela naturel. Un sourire se dessina sur ses lèvres.

La date du banquet arriva bien plus vite que Cathleen ne l'aurait souhaité. Cette première apparition en public ne l'enchantait guère mais puisqu'elle avait promis...

Liz Chase, fidèle à sa parole, avait livré tous ses costumes à temps. Décidée à se montrer à son avantage, Cathleen choisit une robe longue, très simple mais dont la soie bayadère, rose, pourpre et bleu, avec son air de printemps, serait le plus bel hommage au... renouveau de Dusty !

La soirée avait lieu dans un élégant club de golf, en pleine campagne, un peu à l'écart de Nashville.

La table où Dusty devait prendre place avec ses deux filles, Jack, Casey ainsi que John Metcalf et sa femme, avait été dressée juste devant la scène, construite exprès pour la soirée. Une fois tout le monde installé, il restait encore une chaise vide. Pour qui ? Cathleen n'attendit pas longtemps la réponse. Plus élégante que jamais, en robe de satin mordoré, ne paraissant pas, et de loin, ses cinquante ans, Stella Farrow fit son entrée !

Un instant, leurs regards se croisèrent et Cathleen eut l'impression que sa mère voulait lui parler. Mais fort heureusement, Metcalf, à ce moment précis, se leva et annonça le programme de la soirée. Il dit aussi sa joie d'accueillir à nouveau Dusty dans sa maison de disques et passa la parole au meneur de jeu.

Plusieurs chanteurs, en commençant par Casey, évoquèrent des souvenirs de leur carrière avec Dusty et chantèrent ses succès les plus populaires.

Puis Cathleen fut présentée au public par Casey. Les yeux dans les yeux, ils entamèrent un premier duo. Leurs trois chansons furent saluées par des tonnerres d'applaudissements.

Soulagée, heureuse, Cathleen regagna sa place. Elle constata alors avec stupeur que Stella se levait et montait sur scène.

— Je dois tout à Dusty, dit-elle de sa belle voix enjôleuse. Il m'a tout donné : son amour, une carrière et surtout mes enfants.

Exaspérée, Cathleen leva les yeux au ciel, mais d'une caresse Casey la calma.

— Cela peut paraître étrange à certains, continuait Stella, mais je crois sincèrement qu'on ne vit pas deux fois un grand amour. Le mien s'appelle Dusty, même si nous n'avons pas réussi à vivre ensemble.

Les larmes perlaient à ses cils.

— Dusty, dit-elle, en s'adressant à lui, au nom de notre passé, viens chanter avec moi.

Dusty commença par refuser puis, au grand dam de Cathleen, accepta. Ils choisirent une ballade un peu nostalgique *All in the Past* et firent un véritable triomphe.

Quand Stella regagna sa place, elle laissa Dusty seul en scène. Force lui fut de remercier l'assistance ; ce qu'il fit en quelques mots maladroits et difficilement compréhensibles ; il détestait avoir la vedette lorsque ce n'était pas pour chanter.

Peu après, le programme musical étant terminé, Cathleen quitta la table sous prétexte d'aller se recoiffer. En fait elle avait besoin de s'isoler. Dans combien de temps Casey la raccompagnerait-il ? Devrait-elle longtemps supporter la présence de sa mère ?

Elle finissait de se laver les mains lorsque la porte des toilettes s'ouvrit. Elle leva les yeux vers le miroir. La stupeur la cloua sur place : sa mère venait d'entrer.

Chapitre 12

Cathleen allait ressortir sans un regard pour Stella, lorsque celle-ci l'arrêta.

— Une minute, s'il te plaît. Je suis venue pour te parler.

— Me parler ? Et de quoi, mon Dieu ? dit-elle avec une ironie hautaine.

— De nous.

— En voilà une idée ! Il y a beau temps que nous n'avons plus rien à nous dire !

— Cathy ! Tu trouves normal, toi, qu'une mère et sa fille, qui ne se voient jamais, ne s'adressent pas la parole quand elles sont assises à la même table ?

— Je ne suis pas aussi douée que toi. Je ne sais pas faire semblant... même en public.

— Qui te parle de faire semblant ? Je voudrais régler notre différend.

— Comment peux-tu espérer effacer le passé ? répliqua Cathleen sur un ton qui, cette fois, trahissait fâcheusement les émotions qui l'agitaient.

— Ce qui est arrivé il y a dix ans ne te concerne pas. Cela ne regarde que Dusty et moi.

— Comme toujours ! Vous d'abord, Lynette et moi après.

— Que d'amertume !

— Tu t'en étonnes ? Ta fibre maternelle se serait-elle affirmée avec l'âge ? Tu pensais que j'allais oublier ce que tu as fait ?

Le rouge de la colère empourprait ses joues.

— Je ne comprends pas ce que tu es venue faire ici ce soir. Pourquoi chercher à t'immiscer dans notre vie ?

— Ce n'est nullement mon intention. Mais Dusty et moi étions de vrais amis bien avant de nous marier. Et ce lien est indestructible.

— Ton ami et ton seul grand amour ! Drôle de façon de le prouver !

— C'est pourtant vrai ! Jamais aucun homme ne remplacera Dusty dans mon cœur. Je l'aime. Je l'ai toujours aimé. Simplement nous n'avons pas réussi notre vie commune. Trop de jalousie, de colère, de trahisons. C'est l'enfer d'aimer un alcoolique !

— Tu oublies que moi aussi je vis avec lui.

— Mais tu n'es pas follement amoureuse de lui. Quand j'ai rencontré Dusty, j'ai pensé qu'il était l'homme le plus fabuleux de la terre, le plus grand talent au monde. Mais l'alcool tue les rêves.

— Une carrière aussi.

— C'est vrai. Je reconnais que je n'étais ni une épouse ni une mère ordinaires. Chanter m'importait autant que ma famille. Avec une petite différence, je ne pouvais vivre sans chanter et mon métier ne m'a jamais brisé le cœur.

— Oh ? Mon Dieu !

— Oui, parfaitement ! Quand Dusty était en tournée sans moi, il me trompait. Tu n'es pas naïve au point de penser que les femmes restaient insensibles à son charme et qu'il avait assez de caractère pour leur résister. Mais il n'y avait pas que les infidélités conjugales. Chaque fois qu'il buvait, il me trahissait. Moi, notre couple, nos enfants... tout ce que nous avions construit ensemble, ce pourquoi je m'étais battue... Je l'ai quitté parce que je n'en pouvais plus. Si j'étais restée, j'aurais perdu tout respect de lui et de moi. Mais cela ne signifie nullement que je ne l'aimais pas.

Cathleen était au bord des larmes.

— C'est toi qui as payé la clinique ? demanda-t-elle.

Elle hésita, haussa les épaules puis avoua :

— Oui. Je ne lui donnerais pas un sou pour qu'il s'achète à boire, mais pour le soigner, je dépenserais volontiers tout ce que j'ai.

— Casey me l'avait dit mais je n'avais pas voulu le croire.

— Et maintenant ?

— Bien obligée. Tu ne cherches pas à revenir à la maison, j'espère.

— Grand Dieu, non ! Il reprendrait immédiatement le chemin des bars et moi je finirais par le tuer. Je l'aime, je le respecte, je l'admire mais jamais plus nous ne partagerons la même vie.

— Merci.

— Tout cela n'a rien à voir avec nous, Cathleen. Je suis ta mère. Je t'ai portée dans mon sein...

— Je t'en prie! N'essaie pas de m'attendrir, nous n'avons jamais été très proches.

— En effet. Tu t'entendais mieux avec ton père.

— Lynette était ta fille et moi celle de Dusty.

— N'empêche que je t'aimais et que ton père aimait Lynette.

— Que Dusty ait eu une grande tendresse pour ma sœur, je sais.

— Nous n'étions pas de très bons parents, ni de brillants exemples. Mais nous avons eu de bons moments, nous nous sommes beaucoup amusés. Pense aux retours de tournée! Quelle joie! Pourquoi crois-tu en l'amour de Dusty et doutes-tu du mien?

— Parce que tu es partie. Pas lui. Tu nous as abandonnées.

— Tu as cru que je vous reniais? Que j'en voulais uniquement à l'argent de Dusty?

— C'est bien ce que l'on a dit au procès, non?

— Ce que l'on raconte dans un prétoire n'est jamais reluisant, surtout quand les avocats en rajoutent. Bien sûr, je ne voulais pas tout perdre et surtout pas la maison. Greenwood était un cadeau de ton père. Je reconnais volontiers que je dois une très large part de mon succès à Dusty, mais les trois dernières années de notre mariage, c'est moi qui l'ai aidé. Il buvait de plus en plus ; honnêtement, tu dois le reconnaître.

— Oui... Je l'ai si souvent mis au lit !

— Tu n'étais pas la seule. J'ai eu ma part. Et surtout je l'ai obligé à remplir ses engagements. J'ai veillé à ce qu'il n'entre jamais en scène ivre mort. J'ai crié, supplié, pleuré, cajolé... On ne voulait de lui que parce que j'étais là. Je savais que si je le quittais, sa carrière se terminait et je m'en suis voulu de l'abandonner. Mais je n'y tenais plus. C'était trop dur ! L'argent que j'ai pris m'appartenait. Je ne l'avais pas volé, je te le jure.

— Et Lynette et moi ? Qu'en penses-tu ?

— Vous étiez presque des adultes. Tu avais seize ans et ta sœur se préparait à entrer au collège. Dusty, par contre, lui, avait besoin de vous. Mon départ lui portait un coup qui risquait d'être fatal. Je ne pouvais pas tout lui prendre. Alors je lui ai laissé ses filles.

— Ainsi, tu nous as abandonnées pour épargner Dusty ?

— Pour ne pas l'achever ! Je l'aimais et l'idée de le laisser seul me rendait malade. J'espérais que ta sœur et toi, vous viendriez me voir. Jamais je n'ai imaginé que nos relations prendraient fin.

— Je ne te crois pas. Pourquoi ne m'as-tu rien expliqué à ce moment-là ?

— M'aurais-tu seulement écoutée ? Après mon

départ, tu n'as plus jamais voulu m'adresser la parole.

Cathleen secoua la tête avec entêtement, prit son sac et quitta les toilettes sans un regard en arrière. Elle avait la migraine et mal au cœur. Elle voulait s'en aller. Etre seule avec Casey.

Le sourire aux lèvres, il discutait avec John Metcalf. Dès qu'il la vit, il vint au-devant d'elle :

— Que se passe-t-il ?

— Rien. Je... je ne me sens pas très bien. Je voudrais rentrer.

— Tout de suite.

Il ne salua personne, demanda sa voiture et, sans autre question, prit le chemin de chez lui. Une fois arrivé, il lui donna de l'aspirine et l'installa au salon.

— Et maintenant, proposa-t-il doucement, si vous m'expliquiez...

— C'est sans importance.

— A vous voir cela m'étonnerait. C'est à propos de Stella, n'est-ce pas ? Voyons, Cathy, je ne cherche qu'à vous aider. Ayez confiance. Parlez.

Brusquement, elle éclata en sanglots. Sans un mot, il la berça, la consola, et lentement elle exposa tous ses griefs, ses chagrins, et ses mauvais souvenirs.

Quand elle eut fini et séché ses larmes, elle se sentit totalement vidée mais incroyablement mieux.

Il la porta jusqu'à la chambre. Elle se cacha au

creux de son épaule, heureuse de se laisser faire, de s'en remettre à lui. Dans ses bras seulement, elle était à sa place.

La tournée de Cathleen et de Dusty débutait le jeudi de la semaine suivante. Le trac la tenaillait et l'idée de se séparer de Casey lui faisait horreur. Une journée sans sa présence lui paraissait déjà une éternité. Qu'en serait-il après un mois ?

La veille du départ, elle dîna chez Casey, de fort mauvais appétit d'ailleurs, mais ne passa pas la nuit chez lui. Le bus venait les chercher, elle et son père, au lever du soleil.

Après le repas, Casey prit sa guitare et annonça :

— J'ai écrit une chanson sur vous.

— Sur moi ?

— Bien sûr. Vous occupez toutes mes pensées, Cathleen... J'y vais ?

— Bien sûr !

Quelques accords, un début de mélodie et les paroles : l'histoire d'un homme qui a connu bien des femmes... mais qu'une seule a bouleversé avec son merveilleux sourire.

Quand la mélodie s'acheva, elle demanda ingénument :

— Ce sourire, c'est vraiment le mien ?

— Sans l'ombre d'un doute... J'ai écrit cette chanson il y a plusieurs semaines mais je n'osais pas vous la chanter.

161

Les larmes aux yeux, elle se jeta dans ses bras.
Il l'enlaça tendrement et l'embrassa passionnément. Puis, bien à contrecœur, il s'éloigna.

— Si vous ne partez pas maintenant, com-
mença-t-il avec un regard lourd de sous-enten-
dus...

Devant chez elle, il l'embrassa une dernière
fois puis disparut précipitamment. Cathleen erra
un bon moment dans la maison et vérifia distraitement si tout était prêt pour le lendemain.

Sa sœur rentra vers minuit. Elle était allée
avec Jack voir une pièce comique qu'elle raconta
en détail jusqu'à ce qu'elle parvienne à faire rire
sa sœur.

La lumière éteinte, Cathleen ne trouva guère le
sommeil et, lorsque à trois heures trente le réveil
sonna, elle avait à peine dormi.

Elle s'habilla et se coiffa rapidement mais ne
prit pas la peine de se maquiller. Son père
l'attendait déjà dans le hall avec Rick Lewis, le
directeur de tournée, qui veillait au chargement
de leurs instruments et des bagages.

— D'où te vient tant d'énergie ? demanda-
t-elle à Dusty.

On avait habituellement toutes les peines du
monde à le sortir du lit...

— L'excitation du départ. Tu ne te souviens
pas ?

Elle ne s'en souvenait que trop. Elle avait
toujours redouté et détesté ces départs au petit

matin. Et aujourd'hui ce n'était guère mieux. Elle pensa à Casey et résista à une folle envie de décrocher le téléphone. Il lui manquait. Mais était-ce une raison pour l'empêcher de dormir?

Elle allait monter dans le car lorsque Lynette, que l'agitation et le bruit avaient tirée de ses rêves, la rappela :

— Cathleen! Le téléphone.

Elle revint en courant.

— Allô! dit-elle, essoufflée.

— Cathy? Désolé de vous rattraper à la dernière minute. J'avais oublié que vous partiez si tôt.

— Casey! Comme c'est gentil de m'appeler. Je voulais en faire autant, mais je n'osais pas vous réveiller.

— Vrai? Que c'est bon à entendre!

Suivirent de tendres propos que tous les amants du monde échangent lorsque la vie, souvent cruelle, les sépare.

Mais Dusty s'impatientait :

— Tu viens? appela-t-il. Si tu traînes encore nous serons en retard. La prochaine fois on emmènera ce paresseux avec nous.

Cathleen le gratifia d'une grimace, dit adieu à Casey et raccrocha, le cœur léger.

Le voyage jusqu'à Charlotte, dans le nord de la Caroline, lui parut interminable en dépit de l'extraordinaire beauté des paysages et de la conversation souvent amusante de Joyce, l'amie de Rick.

Dès leur arrivée à l'hôtel, elle se précipita dans sa chambre, s'écroula sur son lit et dormit plus d'une heure. A son réveil, elle prit conscience que, dans moins de trois heures, elle devrait affronter le public. Le trac lui noua l'estomac. Tout, plutôt que d'attendre sans rien faire ! Elle se doucha, s'habilla et chercha son père pour qu'il l'emmenât immédiatement voir le music-hall où ils allaient se produire.

— Inquiète ?

— Un peu.

— Tu verras, en scène cela passe tout de suite.

Dieu ! que n'aurait-elle donné pour être aussi calme que lui.

Aussitôt sur place, elle inspecta le plateau, fit un tour dans les coulisses et retrouva Dusty, devant sa loge, en grande conversation avec le directeur.

— Je voudrais vous présenter ma femme, dit-il. Nous sommes de fervents admirateurs et je sais qu'elle serait très heureuse de vous rencontrer.

— Avec plaisir. Qu'elle vienne après le spectacle.

A l'instant où il s'éloigna, ravi, une jeune fille se précipita vers Cathleen.

— Quelle voix vous avez ! s'exclama-t-elle pleine d'enthousiasme. Je connais *Dreamer* par cœur ! Est-il vrai que l'on vous voit beaucoup avec Casey ?

Prise au dépourvu, Cathleen ne sut que répondre. Heureusement Dusty vint à son secours et détourna l'attention de la jeune admiratrice. Cathleen en profita pour s'enfermer dans sa loge.

La peur au ventre, elle tourna en rond un bon moment, puis s'assura qu'elle n'avait rien oublié. Rien ne manquait mais cette inspection lui occupa l'esprit pendant un bon quart d'heure.

Soigneusement elle prépara sa table de maquillage et se mit au travail. Ce n'était pas tâche facile, pour une débutante. Elle avait bien fait quelques essais depuis une semaine, sous l'œil vigilant de Casey mais elle s'inquiétait de la lumière crue des projecteurs. Il ne s'agissait pas d'apparaître en scène avec une tête livide !

Du fond de teint, du rouge, du brun pour creuser les joues, du mascara, du brillant à lèvres... sans parler des crayons pour souligner la bouche, les paupières et les yeux.

Cathleen s'éloigna du miroir, se regarda. Les couleurs choisies avaient une pointe d'agressivité mais, à en croire les professionnels, la discrétion n'était pas de mise sur scène...

Il lui restait à s'habiller : ce soir, elle porterait une somptueuse robe de taffetas bleu roi, au décolleté en V, au corsage ajusté et à la jupe plissée qui s'entrouvrait légèrement quand elle marchait. Une ceinture d'un bleu plus clair lui enserrait la taille, avec, dans le dos, un nœud bouffant.

Cathleen avait presque honte de cette toilette aussi dispendieuse, surtout pour chanter des ballades mélancoliques évoquant les vastes étendues désertiques du Sud et de l'Ouest ! Mais on lui avait affirmé que le public n'associait pas le style des chansons et celui des costumes. Ce qu'il voulait c'était le luxe, à tout prix ! Et les professionnels connaissaient leur métier...

Elle recula jusqu'au fond de sa loge et se contempla longuement dans le miroir. Sa silhouette lui plut.

Le spectacle était commencé. L'orchestre qui passait en première partie se dépensait sans compter ; Cathleen l'entendait jusque dans sa loge.

Elle alla chez son père et le trouva en train de bavarder joyeusement avec les responsables de la tournée, entourés de gens qu'elle ne connaissait pas.

Dès qu'il l'aperçut, il alla à sa rencontre.

— Cathy ! s'écria-t-il. Viens que je te présente George Haverland. Il est journaliste.

— Ravie de vous rencontrer, dit-elle machinalement.

Elle aurait préféré disparaître dans un trou de souris ! La presse, juste avant d'entrer en scène, c'était trop !

166

Miraculeusement, elle réussit cependant à sourire.

— J'ai écouté *Dreamer*, lui dit le journaliste. Vous avez une voix extraordinaire. Avec des parents comme les vôtres ce n'est pas surprenant.

— Elle ne la tient pas de moi en tout cas, plaisanta Dusty. Vous m'avez entendu. A côté d'elle, je n'existe pas !

— Ce n'est pas le même timbre, en effet. Et elle ne vous ressemble pas non plus.

— Dieu merci !

— A sa mère pas davantage, d'ailleurs.

Comme Haverland n'avait pas l'air de vouloir se retirer, Rick le mit gentiment dehors et fit entrer un reporter de la télévision. Les politesses et les questions reprirent de plus belle tandis que Cathleen regretta de ne pas être restée dans sa loge.

Quand l'orchestre se tut et qu'éclatèrent les applaudissements, tous les inconnus qui se pressaient autour de Dusty s'en allèrent d'eux-mêmes. Ils ne voulaient surtout pas manquer l'entrée en scène du chanteur.

Quand ils furent seuls, Dusty serra convulsivement les mains de sa fille. A sa grande surprise, Cathleen s'aperçut que celles de son père étaient aussi moites et glacées que les siennes.

— Il nous reste dix minutes. Tu viens prendre un peu l'air ?

— Avec plaisir.

A peine sur le seuil de l'entrée des artistes, ils furent assaillis par l'agent de service.

— Monsieur Richards ! s'exclama-t-il.

— Dusty, corrigea le chanteur.

— Dusty, si vous préférez. Que je suis content de vous voir ! J'ai demandé expressément à être de service ce soir et voilà que j'ai manqué votre arrivée ! Il y a si longtemps que je vous suis et que je vous admire ! Si j'osais, je vous demanderais un autographe. A vous aussi, mademoiselle !

Dusty et sa fille s'exécutèrent de bonne grâce puis regagnèrent les coulisses. L'heure fatidique approchait.

— Dieu du ciel, soupira Dusty. Je prendrais bien un verre !

— Papa ? interrogea Cathleen avec angoisse.

— Ne t'inquiète pas, ma chérie. Je ne recommencerai pas... je m'en sortirai sans alcool... Mais j'ai tellement peur... S'ils ne m'aimaient plus ?... Je souris mais j'ai du mal à tenir le coup.

— Jamais je n'aurais imaginé que tu avais le trac. Je croyais être la seule...

— Je ne suis jamais entré en scène sans trembler... à moins d'être ivre.

— Pourquoi t'infliger pareille torture ?

— Je ne sais rien faire d'autre. J'aime chanter... En fait je ne peux pas m'en passer.

— Tu aimes... ?

— Tu ne vois pas comme je suis fébrile, tout

excité... je ne sais pas comment dire... Je me sens vivant, téméraire même...

— Moi, j'ai peur et en même temps je suis pressée d'en finir. Rien de comparable avec ce que tu éprouves, probablement.

— Non. Toi tu es comme Casey. Il aime la scène mais il n'en a pas besoin. Tu vois ce que je veux dire. Ta mère est pire que moi. A ceci près qu'elle n'a pas le trac. Elle a besoin du public, de sa chaleur, de sa présence. C'est sa seule vraie passion dans la vie.

— Elle satisfait sa vanité.

— C'est ce que prétendent ces ânes bâtés de la clinique. Je n'en sais rien. En fait, elle y puise une certaine force, comme un renouveau... quelque chose que ni moi ni personne n'a jamais pu lui donner.

Le rideau allait se lever. On vint le chercher.

— Tu me regardes ? demanda-t-il avant d'avancer dans la lumière des projecteurs.

— Bien sûr.

Il prit sa guitare et enfonça son célèbre chapeau de cow-boy sur la tête.

— Ne t'en fais pas pour moi. Tout ira bien. Dès que je suis en scène, j'oublie le reste.

— Souviens-toi que je t'aime !

— Moi aussi, ma fleur des prés.

Ce surnom de son enfance lui fit monter les larmes aux yeux. Le regard voilé, elle suivit chacun de ses gestes. Il avançait avec une non-chalance calculée, en même temps que se levait le rideau. Juste au bon moment, il se redressa et se tourna vers son public !

Chapitre 13

Son public! Il ne pouvait le voir à cause des projecteurs mais il l'entendait. Une véritable ovation monta vers lui!

Tranquillement, avec toute la lenteur requise par son personnage de cow-boy, il s'approcha du micro, le régla à bonne hauteur, cala son pied sur un tabouret et fit mine de chercher quelques accords sur sa guitare.

Aux premières notes de la ballade, les applaudissements redoublèrent.

Dusty, toujours aussi calme, salua la foule avec le sourire.

— C'est bon, dit-il, de se retrouver parmi vous.

Nouveaux cris de joie, nouveaux sifflets admiratifs.

Lorsqu'il reprit sa chanson, le silence se fit enfin. Cathleen n'était plus inquiète. Son père allait vers un triomphe! Il était dans son élément, il tenait son auditoire.

Les ballades mélancoliques ou tristes alternaient avec des chants plus entraînants, plus vifs. De temps à autre, Dusty marquait une pause, racontait une histoire ou se permettait un court commentaire humoristique sur ses anciens errements et les sombres années.

Même Cathleen était sous le charme ; elle en oublia son appréhension jusqu'à ce qu'elle entendît les dernières notes d'une de ses récentes compositions : son heure était venue.

D'un geste, Dusty désigna l'arrière de la scène.

— Même aux pires moments de mon existence, lorsque j'étais au creux de la vague, dit-il, j'ai toujours gardé une admiratrice irréductible. Elle m'a tenu la tête hors de l'eau et m'a empêché de sombrer définitivement. Elle est là ce soir, elle va chanter pour vous. Pour ma fille, Cathleen Richards, je vous demande toute votre attention, toute votre chaleur.

Le cœur en déroute, tremblante, aveuglée par les flots de lumière, Cathleen entra en scène. Maintes et maintes fois, elle avait répété ses réponses à Dusty, son salut. N'allait-elle pas tout oublier une fois sur le plateau ? Comme dans un rêve, tout lui revint : les mots, les gestes, les attitudes, et peu à peu elle reprit confiance.

Aux premières mesures de *Dreamer* le public manifesta sa satisfaction puis il écouta religieusement avant d'exploser de joie lorsqu'elle eut terminé. Les applaudissements effrénés enivrèrent Cathleen. Elle avait réussi ! Et soudain elle comprit pourquoi Dusty ou Casey préféraient, et de loin, la représentation publique à l'enregistrement !

Elle chanta deux solos, se retira dans les coulisses et ne revint que pour la dernière ballade inscrite au programme : celle que son père et sa mère avaient interprétée ensemble le soir du banquet.

Dusty commença seul puis Cathleen reprit en canon, une demi-mesure après lui, jusqu'au refrain final qu'ils chantèrent deux fois : Cathleen en solo d'abord, avec des variations que lui permettait l'étendue de son registre, puis en chœur, sur un rythme inattendu.

Médusé, le public resta un instant silencieux avant de donner libre cours à son enthousiasme. Debout, battant des mains et des pieds, sifflant, hurlant, il bissa le dernier couplet. Dusty et Cathleen recommencèrent bien volontiers.

Les rappels succédèrent aux rappels ; Cathleen déclara rapidement forfait mais son père interpréta encore cinq chansons avant de se retirer, plus heureux qu'il n'aurait su le dire. Le doute n'était plus permis désormais : sa seconde carrière serait aussi brillante que la première !

Après le spectacle, les vedettes de la soirée, l'orchestre de Dusty, celui qui avait ouvert le spectacle, les techniciens du théâtre et d'innombrables admirateurs qui avaient réussi à se faufiler dans les coulisses, se retrouvèrent sur le plateau pour sabler le champagne. Dusty se contenta sagement de jus de fruits. Les journalistes, bien sûr, étaient aussi de la fête et, cette fois, Cathleen ne leur manifesta aucune réticence.

Il était près de deux heures du matin lorsqu'ils

regagnèrent leur hôtel. Le régisseur et les machinistes avaient depuis longtemps rangé tout le matériel, les costumes, ainsi que les instruments de musique.

Cathleen alla directement dans sa chambre tandis que son père accompagné de quelques fans infatigables restait encore un moment dans le hall.

Elle se démaquilla soigneusement, se doucha et se mit au lit. Au moment où elle allait éteindre, le téléphone sonna.

— Oui ?

— Cath ?

— Casey ! Que c'est gentil de m'appeler !

— Inutile de demander comment s'est passée la soirée. Votre voix est éloquente.

— Demandez quand même.

— Alors comment était-ce ?

— Merveilleux !

Tout y passa : le trac, les mains glacées de Dusty, son aisance en scène, la joie du public, son succès à elle et le triomphe final. Mais peu à peu, au fur et à mesure qu'elle parlait, la fatigue reprit le dessus.

— Ma chérie, il me semble que vous vous endormez !

— Un peu.

— Je vous laisse ; je voulais seulement des nouvelles et vous dire combien vous me manquez.

174

— A moi aussi. J'aimerais tant que vous soyez là !

Que n'était-elle près de lui ! Elle poserait sa tête au creux de son épaule et glisserait doucement dans le sommeil !

— Et moi donc !

Il hésita puis tendrement ajouta :

— Je t'aime.

Il avait raccroché avant qu'elle n'ait pu lui répondre. Elle en ressentit un choc. Il l'aimait ! Il l'avait dit, clairement !

Elle se laissa aller sur son oreiller, remonta les couvertures, et joignit les mains comme pour contenir la joie qui l'étouffait.

— Moi aussi, je t'aime, murmura-t-elle avant de sombrer dans le sommeil.

Tous les soirs et dans chaque nouvelle ville — ils devaient se produire vingt-six fois en trente jours ! — le triomphe se répétait. Malheureusement l'emploi du temps de la journée aussi : lever à l'aube, voyage en car, sandwichs avalés à la hâte sans sortir du bus pour échapper aux chasseurs d'autographes, arrivée à l'hôtel, repérage de la scène. Pas une minute pour souffler.

Ni elle ni Dusty ne pouvaient souper au restaurant après le spectacle. Ils étaient obligés, s'ils voulaient être tranquilles, de se réfugier dans leurs chambres. Non seulement les journalistes avaient abondamment commenté le retour à la scène de Dusty et publié d'immenses photos mais la publicité pour l'album mis en vente, juste avant la tournée, allait bon train. Passer inaperçu relevait du défi.

Jour après jour, Cathleen regrettait, de plus en plus, ses soirées paisibles avec Casey qui s'était effacé pour ne pas lui voler la vedette.

Le public, les applaudissements, le succès l'amusèrent un temps, mais, rapidement, elle s'ennuya, surtout pendant les trajets. Tandis que son père jouait le plus souvent au poker avec des musiciens elle devait se contenter de la conversation de la compagne de Rick, qui n'était pas des plus variées !

Seuls les coups de téléphone quotidiens de Casey rompaient la monotonie de la tournée. Parfois, elle était si fatiguée qu'elle s'endormait presque au milieu de la conversation mais, certains soirs, il lui arrivait de bavarder comme une pie. Elle lui racontait alors les moindres détails de la journée. Mais chaque soir, ils se disaient leur amour et se répétaient combien ils se sentaient esseulés.

Deux semaines après le départ, ils passèrent par la Nouvelle-Orléans où un repos de vingt-quatre heures avait été prévu.

Après le spectacle, Dusty, Joyce, Rick et quelques musiciens partirent pour une visite nocturne de la ville. Bien que très en forme, Cathleen ne les accompagna pas.

176

Elle dînait dans sa chambre et attendait l'appel de Casey quand le téléphone sonna plus tôt que de coutume. Dès qu'elle décrocha, les paroles de Casey lui réchauffèrent le cœur.

— Bonsoir, mon amour, murmura-t-il. Tu es là... J'avais peur que tu ne sois pas encore rentrée mais je n'en pouvais plus d'attendre.

Le tutoiement, inhabituel, la fit tressaillir, mais l'enchanta. Elle l'adopta aussitôt.

— J'ai pensé à toi toute la journée. C'est un peu long cette tournée !

— Que oui ! Tu me manques...

— J'aimerais tant être près de toi, Casey ! Si tu étais ici, je me blottirais au creux de ton épaule !

— Ma chérie ! Je t'adore.

Nerveusement, Cathleen imprimait au drap des mouvements désordonnés.

— Dormir est impossible, j'ai besoin de toi.

— Cathleen, ferme les yeux, je suis tout près. Rappelle-toi les soirs où nous étions ensemble, dans la pénombre. Je te revois, demi-nue, lèvres humides... Je ne rêve que de t'embrasser...

— Casey ! Je t'en prie. Tu me tortures.

— Et toi Cathleen, ton visage me hante.

— T'entendre est déjà un bonheur. Mais j'aimerais être tout contre toi.

— Je veille sur ton sommeil, Cathleen.

— Mon amour, dit-elle en fermant les yeux.

— Je t'aime.

— Moi aussi.

Comme une somnambule, elle reposa le combiné, éteignit et, blottie sous son drap, rêva de Casey. Il était à ses côtés, ses doigts couraient sur sa peau, éveillaient en elle des sensations délicieuses. Elle entendait sa voix, humait son parfum, mordillait ses lèvres !

Soudain, une clef tourna dans la serrure. La porte s'ouvrit doucement. Brutalement tirée de ses rêves amoureux, les yeux agrandis par la peur, Cathleen attendait, incapable du moindre geste, du moindre cri. Quelqu'un approchait qui se pencha sur elle.

— Casey ! murmura-t-elle dans un souffle. Tu téléphonais de l'hôtel ? Tu es merveilleux, mon amour.

Il demeura un instant immobile, comme perdu dans ses rêves, avant d'aller vers la fenêtre dont il ouvrit les rideaux, Quelques instants plus tard, nu, il s'allongea près de Cathleen. Appuyé sur un coude, il contempla alors ce visage qui le hantait.

— Tu es encore plus belle que dans mon souvenir, murmura-t-il.

Dans un soupir, il posa ses lèvres sur sa gorge. Elle enleva sa chemise de nuit.

Délicieusement, les doigts de Casey retrouvèrent les courbes tant aimées.

— Ta peau, quelle douceur !

Elle soupira, prise d'une exquise langueur et se tendit vers lui.

Lorsqu'il la vit, offerte, si belle, il l'entraîna dans un délire de violence et de douceur.

— Ne me quitte plus, balbutia-t-elle bientôt. Serre-moi très fort...

Avec une hardiesse insoupçonnée, elle lui dit et redit son amour passionné.

Enivré, il l'enserra avec volupté et lui donna le bonheur qu'elle attendait.

Il enfouit alors son visage dans sa chevelure et murmura d'une voix rauque :

— Désormais, je peux mourir tranquille...

— N'en fais rien, répliqua-t-elle en riant.

Puis, soudain grave, Cathleen s'écarta et lui dit :

— Mais dis-moi, que fais-tu ici ?

— Tu préférerais que je sois resté à Nashville ?

— Non, bien sûr ! Mais j'ai failli mourir de peur en voyant cette porte s'ouvrir. Comment es-tu entré ?

— Dusty avait prévenu la réception. On m'a remis une clef.

— Dusty ? Tiens !... Mais que fais-tu à la Nouvelle-Orléans ?

— Ce n'est pas évident ? Tu me manquais et je savais que demain vous n'étiez pas sur la route...

— Tu as fait tout ce chemin pour passer une journée avec moi ?

— Et deux nuits...

— Mais tu enregistres la semaine prochaine. Et tu as encore deux chansons à écrire.

— Je trouverai l'inspiration à tes côtés.

Elle l'embrassa et s'endormit, comblée.

La journée et la nuit suivantes furent un enchantement mais passèrent infiniment trop vite.

Après cet intermède de rêve, la tournée reprit, de plus en plus fatigante et monotone.

Décidément Cathleen n'était pas faite pour cette vie-là ! Elle avait besoin de calme, de tranquillité... d'une maison et d'une famille.

Songes impossibles, en tout cas avec Casey. Elle avait succombé à l'amour mais jamais elle ne partagerait la vie d'un artiste. Elle redoutait et refusait toute existence qui pût, de près ou de loin, lui rappeler celle de ses parents. Dût-elle brider, avec chagrin, les élans les plus fous.

Leur dernière représentation avait lieu à Little Rock, dans l'Arkansas. Pressés de rentrer, ils en repartiraient aussitôt après le spectacle.

Cathleen se maquilla et se prépara avec plus d'entrain que les soirs précédents. Le lendemain elle serait chez elle et retrouverait Casey !

Elle enfila un ensemble noir, sa tenue préférée dont la simplicité ne réclamait pas de coiffure sophistiquée.

Dans ces cas-là, son père optait aussi pour le noir : pantalon, chemise de satin, bottes, chapeau et gilet. Sa tenue sombre lui donnait un air vaguement inquiétant qui ajoutait à son charme.

Elle alla le retrouver dans sa loge où, comme toujours, se pressaient d'innombrables visiteurs. Il semblait fatigué. Cette tournée avait été épuisante même pour un vieux routier comme lui, d'autant qu'il n'avait plus l'alcool pour le stimuler. Mais quelle victoire ! Cathleen était fière de lui et presque convaincue que dorénavant il pourrait aller son chemin, tout seul, sans retomber dans l'ornière.

Emue, elle s'approcha et lui prit les mains.

— Rude promenade ! dit-il comme s'il avait suivi le cours de ses pensées.

— Oui. Mais tu t'en es bien sorti.

Il ferma les yeux. Une seconde il sembla faible et vulnérable. Mais l'instant d'après, il retrouva son expression de charmeur impénitent.

— Viens, que je te présente.

Cathleen se laissa faire de bonne grâce ; elle avait pris suffisamment d'assurance pour ne plus se soucier de la présence de tant d'inconnus avant d'entrer en scène.

L'heure de la représentation arriva bientôt. Elle attendait son tour dans les coulisses, comme chaque jour, et tout à coup, tout lui parut aller trop vite. Elle avait hâte de rentrer à Nashville et pourtant, elle se sentait attristée. Le succès l'avait grisée. Elle y avait pris goût. Allait-elle pouvoir s'en passer ?

181

Dusty l'appela. Elle le rejoignit et s'abandonna joyeusement au plaisir de la musique. Ce fut une de leurs meilleures soirées.

Aussitôt installée dans le car, elle se rendit compte qu'elle était trop surexcitée pour trouver le sommeil. Mais elle n'avait personne à qui parler. Joyce dormait et son père était absorbé dans son éternelle partie de poker.

Le front appuyé à une vitre, elle s'abandonna à la rêverie. Casey, bien sûr, était au centre de presque toutes ses pensées. Que dirait-il si, à peine arrivée, elle prenait sa voiture et se présentait chez lui à l'improviste ? L'idée était séduisante et lui rappelait de charmants souvenirs.

Elle revoyait son père, entrant dans sa chambre, au petit matin, au retour d'une tournée et demandant à voix basse :

— Tu dors, ma fleur des prés ?

Sa mère arpentait le hall et réclamait ses filles pour qui elle avait rapporté des glaces à la fraise ! Si fatiguée qu'elle fût, Stella conservait une beauté inaltérable. Elle embrassait d'abord Lynette puis Cathleen. Et la petite fille attendait impatiemment le moment où elle pourrait enfouir son visage dans le cou de sa mère et s'enivrer de son délicieux parfum.

Pour la première fois de sa vie, Cathleen comprenait combien il avait dû être pénible à ses parents d'être ainsi partagés entre leur amour de la chanson et la tendresse qu'ils portaient à leurs enfants. Jusqu'à présent, elle n'avait jugé la situation que du point de vue de l'enfant abandonnée qu'elle avait cru être.

Elle repensa à sa mère. Lui avait-elle vraiment parlé à cœur ouvert le soir du banquet ?... Dans un demi-sommeil, elle souhaita revenir en arrière et pouvoir encore se jeter au cou de Stella.

Puis elle s'endormit.

Elle ne se réveilla que dans les faubourgs de Nashville. Elle s'étira, regarda autour d'elle sans comprendre tout de suite où elle était, puis se donna un coup de peigne et se remit un peu de rouge à lèvres en attendant l'arrêt du car.

Elle descendit la première, donna sa trousse à maquillage à son père, lui souhaita une bonne nuit et disparut. Cinq minutes après, elle était en route pour la maison de Casey.

L'aube pointait à l'horizon, l'air était frais, mais Cathleen, dans son impatience, ne vit rien et conduisit plus vite qu'elle n'aurait dû.

Elle gara sa voiture devant l'entrée principale. A pas de loup elle pénétra dans la maison et, en retenant sa respiration, entra dans la chambre de Casey.

— Casey ? murmura-t-elle, après l'avoir contemplé un moment.

Il bougea à peine.

— Casey ? répéta-t-elle un peu plus fort.

Il ouvrit les yeux, la fixa comme si elle n'était

qu'une apparition, puis brusquement s'écria :
— Cathy ! enfin là !

Elle se jeta dans ses bras et s'abandonna avec
volupté à ses baisers.

Chapitre 14

Après leur longue séparation, et malgré leurs retrouvailles de la Nouvelle-Orléans, ils s'aimèrent avec un peu plus d'impatience et de fébrilité que de coutume.

Cathleen ne se réveilla que dans l'après-midi. Un bruit de casseroles la tira de son sommeil. Casey n'était plus là. Elle sauta hors du lit, se doucha rapidement et enfila un short rayé bleu marine et blanc ainsi qu'un chemisier sans manches qu'elle avait laissés là quelques semaines auparavant.

Elle entendit soudain un bruit fracassant, suivi d'une série de jurons. Dans la cuisine une casserole vide gisait sur le sol au milieu d'une mare de soupe. Casey contemplait le désastre.

La voyant entrer, il s'étonna.

— Vous êtes réveillée? Pas possible! plaisanta-t-il. J'avais peur que vous ne dormiez toute la journée... alors que j'avais très envie de vous voir...

— C'est pour cela que vous avez fait tout ce chahut?

— J'ai donné congé à Mme Andrews pour être seul avec vous. Je préparais le déjeuner. La casserole de soupe m'a échappé.

— Le résultat est assez réussi!

Elle lui prit la main, regarda son doigt et l'embrassa tendrement.

— Cela va mieux ?

— Un peu.

Finalement, après avoir tout nettoyé, Cathleen décida de faire une quiche. Elle avait assez mangé de sandwichs et de conserves ! De plus, elle aimait faire la cuisine, surtout lorsque Casey la suivait pas à pas et l'embrassait toutes les trois minutes.

Une fois la quiche au four, ils allèrent dans le salon et s'assirent l'un près de l'autre.

— Jamais je n'aurais imaginé que je m'ennuierais autant de vous, dit Casey. J'ai quelque chose à vous demander.

— Oui ?

— Je voudrais vous épouser.

Stupéfaite, elle le dévisagea.

— Pardon ?

— Je voudrais vous épouser, répéta-t-il, surpris de sa réaction.

— Vous êtes fou !

Elle se leva et commença à marcher de long en large.

— Je sais, mais je ne vois pas le rapport.

— Mais enfin ! C'est impossible !

— Et pourquoi ? Nous avons des liens de famille, sans le savoir ?

— Ne soyez pas stupide. Vous savez bien... ce que j'en pense.

186

— J'avais l'impression que vous aviez changé d'avis. Alors, toujours les mêmes préjugés !

— Pas du tout. C'est une décision mûrement réfléchie... une préférence pour un certain style de vie.

— Un style de vie ! Je vous parle de mariage, d'amour. De rien d'autre. Cathy, vous n'êtes pas sérieuse ? Vous ne refusez pas ?

— Si. Et si vous aviez prêté attention à tout ce que je vous ai dit, vous n'auriez pas fait cette proposition insensée.

— Je tombe de haut, Cathleen... Vous m'aimez, je vous aime... J'étais sûr... oh ! Cathy... une demande en mariage... que puis-je vous offrir de plus ?

— Désolée, Casey !

Il se leva, se planta devant elle, lui demanda :

— Que vous arrive-t-il ? Tout à l'heure, vous étiez bien dans mes bras et maintenant vous avez l'air de me haïr.

— Je ne vous hais pas. Mais on ne se marie pas par passion !

— Mais nous nous aimons. J'étais comme un fou pendant votre absence. Si désemparé ! Vous m'avez tellement manqué ! Cathy, je vous aime. Je veux partager ma vie avec vous. Jamais je n'ai éprouvé un tel sentiment.

Elle ne tarda pas à se radoucir.

— Je regrette, dit-elle. Je n'aurais pas dû

m'énerver. Mais vous m'avez prise au dépourvu. Et vous aviez l'air si sûr de vous.

— Je l'étais. Je croyais notre amour si fort que le mariage me paraissait une évidence.

— Pas si nous avons deux sous de bon sens.

— Qu'est-ce que le bon sens a à voir là-dedans ?

— Pas grand-chose si j'en crois les exemples qui m'entourent. Mais moi, je ne me laisserai pas emporter par mes sentiments. Nous ne sommes vraiment pas de bons candidats au mariage. Mes parents sont divorcés, ma sœur ne va pas tarder à le faire et vous, vous l'êtes également.

— C'est le passé. Le divorce n'est ni une fatalité ni un héritage inéluctable.

— Quand vous vous êtes marié, la première fois, ce devait être pour toujours...

— Si j'avais aimé ma femme comme je vous aime, j'aurais tout fait pour que notre union soit un succès. Et puis j'étais jeune. J'ai mûri. Maintenant, je sais éviter les heurts et les problèmes.

— L'amour ne suffit pas. Stella et Dusty étaient fous l'un de l'autre. Cela ne les a pas empêchés de se déchirer.

— Je ne suis pas Dusty et vous n'êtes pas Stella ! Notre histoire n'est pas la leur. L'amour et le mariage ne sont pas forcément incompatibles.

— Non mais, dans le monde du spectacle,

188

l'amour n'est pas une garantie. D'ailleurs, vous ressemblez trop à Dusty.

— Moi ?

— Souvenez-vous. Combien de soirées n'avez-vous pas passées ensemble ? Vous êtes un charmeur-né, vous êtes beau. Les femmes sont folles de vous. Vous êtes un artiste et vous en avez le caractère et les problèmes.

— Parfois, c'est vrai, je suis angoissé et de mauvaise humeur, mais rien à voir avec Dusty. De toute façon, vous êtes habituée aux chanteurs et je ne suis pas difficile à vivre. Vous avez eu l'occasion de vous en rendre compte. Et vous avez dû remarquer également que je n'ai rien d'un alcoolique. Si les femmes me trouvent quelque séduction, rien ne m'oblige à leur céder. D'ailleurs, je ne vois que vous depuis que nous nous sommes retrouvés.

— Pour le moment...

— Rien n'est parfait, Cathy. Le mariage n'est pas un gage de bonheur. Il faut que chacun y mette du sien et moi je suis prêt à le faire.

Entêtée, Cathleen le fixait, les dents serrées. Il ne comprenait pas. Il n'avait pas vécu l'enfer d'un couple uni par la passion, mais détruit par la jalousie, la colère et les exigences professionnelles.

— Tout doit être parfait pour vous, n'est-ce pas ? reprit Casey, d'un ton las. Ce qui ne l'est pas, vous le rejetez purement et simplement. Vous avez rayé Stella de votre existence parce qu'elle n'était pas une mère irréprochable. Vous avez peur de vous engager dans l'univers de la musique à cause des difficultés que vous allez rencontrer. Quant au mariage, il vous inspire une véritable terreur. Pourquoi ne pas accepter la vie telle qu'elle se présente ?... Avec ses joies et ses risques.

— Et vous ? Pourquoi ne pas prendre les choses telles qu'elles sont ? A quoi bon tout bouleverser ? Je ne vois pas pourquoi nous ne continuerions pas à nous voir comme auparavant. Nous nous aimons. Nous sommes heureux ainsi.

— Quand on ne va pas de l'avant, on recule. Si l'amour ne grandit pas, il meurt...

D'une voix tremblante, Cathleen lui demanda :

— Dois-je comprendre que si je ne vous épouse pas, nous ne nous verrons plus ?

— ... Oui... exactement. Ou bien vous m'aimez assez pour m'épouser ou bien tout notre amour n'est que comédie.

Mortifiée, abasourdie, sans voix, Cathleen alla chercher son sac dans la chambre et sortit par la porte de la cuisine. Rien ne bougeait dans la maison, écrasée de silence. Casey ne la suivit pas, ne fit pas un geste pour la retenir. Ses propos n'étaient ni une plaisanterie ni une menace. Il renonçait à elle parce qu'elle refusait d'être sa femme !

Elle monta dans sa voiture, démarra et prit la

190

route comme une somnambule. Bientôt les larmes lui brouillèrent la vue. Elle s'arrêta et, penchée sur le volant, se laissa aller à son désespoir.

Longtemps après, les yeux rougis, elle repartit, en espérant qu'il n'y aurait personne chez elle et qu'elle pourrait se réfugier dans sa chambre.

Hélas, dès qu'elle mit le pied dans la cuisine, Lynette l'appela. Elle n'avait aucune envie de fournir des explications sur sa mine défaite. Mais comment se dérober ?

Courageusement, elle entra dans le salon, prête à répondre à d'inévitables questions. Force lui fut de reconnaître que personne ne s'intéressait à son sort. Dusty, l'air effaré, était affalé sur le canapé, Jack en face de lui, tandis que Lynette attendait, assise sur le bras d'un fauteuil.

— Devine ce qui arrive ? dit Lynette l'œil brillant.

— Comment veux-tu que je sache ?

— Jack et moi sommes fiancés !

Un long moment, Cathleen demeura pétrifiée, les paroles de sa sœur n'ayant pour elle aucun sens.

Soudain, elle comprit et sentit tout aussitôt ses jambes se dérober sous elle. C'en était trop... Après le choc qu'elle venait de subir, cette nouvelle la laissait sans voix.

— Tu plaisantes !

Prenant Jack à témoin, Lynette confirma :

— Pas du tout. Jack ! Expliquez-lui.

— C'est vrai, Cathy. Nous sommes fiancés.

— Mais quand... comment... je ne savais même pas qu'il existait entre vous l'ombre d'un sentiment.

— Tu n'es guère perspicace, reprit Lynette. Il est vrai qu'avant ton départ tu avais tes propres préoccupations... Depuis que j'ai quitté Michael, j'ai passé le plus clair de mon temps avec Jack.

Cathleen avait du mal à mettre de l'ordre dans ses pensées. Ce projet paraissait tellement insensé. Jack était un ami de Dusty, plus jeune que lui, certes, mais tout de même... Il était presque de la famille ! Et Lynette n'était pas encore divorcée...

— C'est si inattendu... si rapide...

— Ce sont des choses qui arrivent, tu sais. Je monte m'habiller, nous sortons, ce soir. Viens avec moi. On pourra bavarder un peu.

Docilement Cathleen suivit sa sœur.

— Comme la vie est bizarre ! reprit Lynette dès qu'elles furent seules. Jamais je n'aurais imaginé qu'un jour j'aimerais Jack.

— J'ai du mal à m'y faire. Lynette, ce n'est pas un de ces hommes avec qui... je veux dire du temps de Michael...

— Grand Dieu ! non. Jack est quelqu'un de très sérieux. Non, l'étincelle a jailli après mon retour, ici. Nous sommes sortis ensemble. J'ai oublié mes ennuis. Je n'avais aucune arrière-pensée. Il n'était pour moi qu'un ami de papa. Petit à petit je l'ai regardé d'un autre œil et je l'ai trouvé très séduisant.

— Jack ?

Lynette semblait amusée de la surprise de sa sœur.

— Evidemment, répondit-elle, il n'a rien de comparable avec Casey. Mais il a du charme et une manière de vous regarder qui m'émeut profondément. Un jour où nous étions chez lui, je riais comme une folle d'une de ses plaisanteries et, sans réfléchir, je me suis accrochée à son bras. Il m'a alors embrassée. Oh ! Cathy ! Ce fut une vraie révélation !

— D'accord, mais de là à te marier... tu n'es même pas encore divorcée.

— On attendra. De toute façon, Jack ne veut rien précipiter. Il craint que je ne m'intéresse à lui que pour me distraire. Mais il se trompe. J'ai enfin trouvé l'homme que je cherchais depuis si longtemps. Je lui ai tout raconté. Cela ne l'a pas découragé. Il m'aime.

— Et la différence d'âge ?

— Elle ne me fait pas peur. L'essentiel, c'est qu'il me comprenne. Nous sommes du même monde.

— Un chanteur ! N'est-ce pas l'inverse de ce que tu as toujours souhaité ?

— Quelques années avec Michael m'ont fait

changer d'avis. Je connais les dangers de ce métier et je peux les éviter, tandis que dans la famille de Michael je ne suis pas chez moi. Et si, au bout du compte, un jour on se sépare, du moins aurai-je connu l'amour.

Toute cette histoire était parfaitement insensée, mais Lynette semblait si heureuse !

— Je suis vraiment contente pour toi, dit Cathleen et j'espère que tu vas enfin connaître le bonheur.

— Sûrement.

— Je te laisse. Je voudrais féliciter Jack.

Au salon, Dusty était toujours sur le canapé, l'air vaguement accablé, et Jack regardait distraitement par la fenêtre. Quand Cathleen les rejoignit, ils se tournèrent tous deux vers elle.

— Tu veux que je te dise, Cathleen, commença Dusty, tous mes amis m'enlèvent mes filles. D'abord Casey et puis maintenant Jack. Je trouve cela de la dernière impolitesse ! Et je ne le lui ai pas caché.

L'allusion à Casey lui serra le cœur, mais l'heure n'était pas aux larmes. Se forçant à sourire, elle plaisanta :

— Il ne te reste plus qu'à en faire autant !

— Qui pourrait bien vouloir de lui ! s'exclama Jack avec un clin d'œil.

Cathleen lui prit affectueusement les mains.

— Tous mes vœux, lui dit-elle.

— Tu ne me trouves pas complètement fou ?

— Peut-être. Mais Lynette est transportée de joie. C'est l'essentiel.

— Il y aurait tellement à dire. Parfois je pense que je déraisonne. Enfin... On attendra un an... que Lynette soit sûre de ses sentiments. Tu te souviens du soir où elle est venue ici et où son mari l'a suivie. Je l'aurais volontiers étranglé. Il m'était odieux sans que je sache pourquoi. Je vous connais depuis si longtemps, Lynette et toi. Je me sentais des vôtres. Et puis tu es arrivée avec Casey. Vous veniez de vous aimer. C'était l'évidence. Casey... avec une petite fille ! Cette nuit-là, j'ai réfléchi et je me suis enfin aperçu que vous étiez des femmes, l'une et l'autre. Depuis cet instant, je ne vous ai plus regardées du même œil. Pour la première fois, j'ai vu à quel point ta sœur était ravissante et désirable. J'étais amoureux... mais sans espoir. Comment imaginer qu'elle puisse m'aimer ? Toi qui es réaliste, tu dois nous trouver insensés.

— Réaliste ! Pas toujours.

— Moi aussi, je me pose des questions et je pense, en particulier, qu'il faut savoir prendre des risques. Je ne veux pas passer le reste de ma vie à regretter ce que je n'aurai pas osé faire !

Qui donc avait raison ? Jack qui choisissait d'aimer sans regarder en arrière ou bien elle avec son souci de sécurité ?

Les jours, puis les semaines passèrent sans que Cathleen entendît parler de Casey. Chaque fois que le téléphone sonnait elle se précipitait, pleine d'espoir, et raccrochait, déçue.

Elle-même fut bien souvent sur le point de composer son numéro, prête à reconnaître qu'elle ne pouvait vivre sans lui ; mais profondément persuadée qu'un mariage raté la rendrait encore plus malheureuse que leur rupture présente, jamais elle ne franchit le pas.

Les paroles de Casey la hantaient. Faisait-elle vraiment preuve de lâcheté ?

Sa carrière la préoccupait également. Son premier disque avec Dusty se vendait bien. John Metcalf insistait pour qu'elle en enregistre un second. Certes elle aimait chanter et composer mais ce métier lui avait toujours paru l'enfer et, finalement, la tournée ne' lui avait que très modérément plu. Pourrait-elle jamais mener ce genre d'existence ? Ou devrait-elle se contenter d'écrire des chansons ?

Peu à peu, au fil des jours, trois préoccupations s'imposèrent : Casey, son avenir professionnel et ses relations avec sa mère. Peut-être avaient-elles les mêmes causes : son refus de prendre des risques et de vivre pleinement le présent ?

Tourmentée, elle ne vit pas venir l'orage...

Alors qu'elle rentrait de la campagne où elle avait tenté de se changer les idées, elle constata que ni la voiture de son père ni celle de sa sœur n'étaient garées devant la maison. Elle poussa la

196

porte de la cuisine et appela. Personne ! Encore une soirée solitaire où rien ne la distrairait de son obsession... Si seulement elle pouvait oublier Casey ! Dès qu'elle pensait à lui, son cœur battait plus vite et elle n'arrivait plus à trouver le sommeil.

Elle ouvrit le réfrigérateur à la recherche d'une boisson quelconque et resta stupéfaite : un pack de bière était là, sous ses yeux, aux deux tiers vide.

Dusty, seul, n'avait pas pu... Ce n'était pas possible...

Elle fouilla dans la poubelle, regarda autour d'elle et découvrit deux boîtes vides, ce qui ne prouvait rien, d'ailleurs. Boire une bière avec un ami ne signifiait pas que Dusty fût retombé dans ses excès. La gorge nouée, elle dut s'avouer sa méfiance. Affolée, elle monta jusqu'à sa chambre où elle ne le trouva pas. En revanche deux autres boîtes traînaient par terre.

Où était Dusty ?

Fiévreusement, elle chercha dans son répertoire téléphonique les numéros de tous les amis de Dusty qu'elle appela tour à tour en commençant par Jack. Celui-ci était absent de chez lui. Quant aux autres, ils ne savaient rien. Dusty n'était nulle part.

En désespoir de cause, elle fit appel à Casey.

Au ton de sa voix, celui-ci comprit immédiatement qu'elle était dans l'embarras.

— Cathleen ! Qu'y a-t-il ?

— Oh ! Casey ! Je crois que Dusty s'est remis à boire.

— Que s'est-il passé ? demanda-t-il, résigné.

— Je ne sais pas. Mais il y a des boîtes de bière vides dans sa chambre. J'ai appelé partout. Vern n'est pas chez lui non plus. Ils sont probablement dans un bar.

— Attendez-moi, j'arrive.

Combien de temps mit-il à venir ? Elle n'en sut jamais rien. Elle sortait à peine de sa stupeur que déjà il était là, paisible et rassurant. Il la prit dans ses bras.

Un instant elle oublia son père. Elle se sentait si bien avec Casey ! Pourquoi voulait-il absolument qu'elle l'épouse ? Pourquoi ne pas continuer à vivre comme auparavant ? Avec un profond soupir, elle s'arracha à son étreinte.

— Merci d'être venu. Il faut que je retrouve papa. Vous pouvez m'accompagner ?

— Bien sûr.

— J'ignore dans quel état il est, mais votre aide me sera certainement utile.

Ce fut une longue et pénible recherche. Un, deux, trois bars... Personne ne l'avait vu. A un moment donné, ils eurent un espoir. La voiture de Dusty se trouvait à proximité d'un de ces cafés sordides où il se plaisait tant autrefois. Il y était venu, en effet, mais en était reparti, hors d'état de conduire !

198

— Vous voulez prendre sa voiture ? demanda Casey.

— Non. Je m'en occuperai plus tard. Nous allons perdre du temps.

— Vous ne préférez pas rentrer tout de suite et attendre qu'il téléphone ou que quelqu'un le ramène ? Apparemment vous ne pouvez plus rien pour lui ce soir.

— Non, répondit Cathleen avec entêtement. Nous passons au *Grand Ole Opry*, demain. Je ne veux pas qu'il manque la représentation. Un faux pas maintenant et sa carrière est définitivement brisée. D'ailleurs, moins il restera avec Vern et mieux ce sera. Si on peut le retrouver et le dégriser, peut-être s'en tiendra-t-il là. Je voudrais l'emmener à la clinique dans la matinée pour qu'il ait un entretien avec son conseiller psychologique.

— Très bien. C'est vous qui décidez. Où allons-nous ?

Ils s'arrêtèrent encore deux ou trois fois avant de découvrir Dusty en compagnie de Vern, et deux anciens complices, Billy et Murphy, dans l'arrière-salle d'un café. Il était assis par terre, au pied d'un billard, avec Vern, un verre à la main.

— Ah ! te voilà, dit-il, d'une voix égrillarde, lorsqu'il aperçut sa fille et Casey.

— Salut, Cathy, s'exclama Vern, asseyez-vous et buvez avec nous.

— Vous êtes fou ! répliqua Cathleen, hors

199

d'elle. C'est vous qui l'avez entraîné! Vous n'avez pas honte ? Vous ne supportez donc pas qu'il ait du succès...

— Oh! vous, espèce de petite...

— Attention, Vern! intervint Casey. Si vous insistez vous allez le regretter. Je déteste les bagarres de bistrots mais, pour vous, je ferai volontiers une exception.

— D'accord, d'accord. Mais pourquoi vous mettre dans des états pareils ? Il a bu deux ou trois verres. Où est le mal ? Un écart de temps à autre ne va pas le tuer ?

— Cela n'aurait sans doute aucune conséquence pour certains, intervint Cathleen, mais vous savez parfaitement que Dusty est à la merci de la moindre rechute.

Pitoyable, la voix complètement éraillée, Dusty reprit :

— Dites-moi, jeune femme, je suis votre père. Ne l'oubliez pas. Un peu plus de respect, s'il vous plaît.

Cathleen tremblait de rage. Tendrement Casey la prit dans ses bras.

— Calmez-vous, ma chérie. Cela ne sert à rien de s'énerver. Contentons-nous de le ramener à la maison. Allez ! debout, Dusty !

Dusty se leva péniblement.

— Je ne viendrai pas, protesta-t-il.

— Allez à la voiture, Cath. Dusty et moi vous rejoignons.

Trop contente de se décharger de ses responsabilités sur Casey, Cathleen n'hésita pas.

— Si ça ne dépendait que de moi, reprit Casey quand elle fut sortie, je vous abandonnerais. Après tout le mal qu'elle s'est donné pour vous, votre attitude est répugnante. Personnellement, je n'ai aucune envie de perdre mon temps avec vous. Mais il se trouve que votre fille vous aime et croit pouvoir faire quelque chose de vous. Elle veut que vous rentriez. Vous allez obéir !

— C'est un grand garçon, protesta Vern. Il est libre de faire ce qu'il veut. Dusty ! Tu n'es pas obligé de le suivre. N'est-ce pas, vous autres ?

Il se tourna alors vers Billy et Murphy.

— Voilà quelqu'un qui veut emmener Dusty de force. Alors ?

— Si vous levez le petit doigt, attention ! Dans l'état où vous êtes, même Cathleen arriverait à vous maîtriser. Si je m'en mêle...

— Bon ! je viens, promit Dusty. Mais je peux marcher tout seul.

— J'en doute, répondit Casey.

Cependant il le lâcha. Puis, se tournant vers Vern, il lui dit :

— Ecoute-moi bien. Si jamais tu recommences à entraîner Dusty à boire, je te jure que ta carrière est terminée. Tu dois comprendre que je parle sérieusement, si tu as encore une lueur de lucidité.

— Très bien, très bien !
— Parfait. Tâche de t'en souvenir.

Casey prit Dusty par les épaules et l'entraîna hors de ce lieu maudit.

Chapitre 15

Après avoir installé Dusty sur la banquette arrière, Casey se mit au volant. Cathleen, la tête en arrière, les yeux fermés, paraissait épuisée, vidée.

Son père, par contre, ayant retrouvé sa bonne humeur, chantait à tue-tête une vieille ballade dont il avait oublié la moitié des paroles.

— Dans quel état vous êtes... soupira Casey. Mon Dieu ! Dusty, qu'avez-vous donc bu ?

— De la bière arrosée de whisky. La modération n'a jamais été mon fort !

Casey réprima difficilement son envie de rire. Même Cathleen sourit.

— Oh ! Papa, murmura-t-elle, que vais-je faire de toi ?

Dusty n'entendit pas. Il avait entonné une autre chanson. Comme toujours, en pareilles circonstances, Cathleen se réfugia dans le silence.

Ils passèrent chercher la voiture de Dusty. Casey se mit au volant et suivit Cathleen.

Quand ils arrivèrent à destination, la maison était vide. Surprise, Cathleen regarda sa montre ; il n'était que dix heures. Elle aurait juré qu'il était beaucoup plus tard. Tant d'émotions l'avaient désorientée...

Casey fit descendre Dusty de voiture, le soutint

fermement jusqu'à la porte de la cuisine, l'aida à traverser la pièce et l'accompagna jusqu'à sa chambre.

— Je le mets au lit, dit-il à Cathleen, et je vous rejoins.

Elle se sentit soudain gênée.

— Je peux m'en charger, proposa-t-elle. Je l'ai fait des dizaines de fois.

— Moi aussi, répondit-il gentiment. Reposez-vous. Je me débrouillerai très bien tout seul.

Elle ne protesta plus et alla au salon. L'esprit vide, seulement habitée par la peur et le chagrin, elle s'effondra sur le canapé. Elle se mit à penser à sa mère et eut envie de l'appeler. Elle esquissa un geste, se leva à demi puis se ravisa. Qu'allait penser Stella ?

Quelques minutes plus tard, Casey redescendit.

— Il ne devrait plus vous causer d'ennuis ce soir, dit-il.

— Merci. Votre... aide m'a été très précieuse.

Que ne pouvait-elle se jeter à son cou et pleurer sur son épaule ? Mais à quoi bon ? Il y avait beau temps qu'elle savait que les larmes ne lui étaient d'aucun recours dans ces cas-là et que rien ne pouvait la réconforter.

Exaspéré de la sentir ainsi repliée sur elle-même, Casey l'obligea à se lever et à le regarder.

Puisque tout était fini entre eux, pourquoi l'avait-elle appelé ? Autrefois, elle n'avait besoin de personne. Etait-ce lui qui l'avait rendue si vulnérable. En si peu de temps ?

— Allons, Cathy ! Laissez-vous aller. Parlez, bon sang !

— Je suis si fatiguée !

— Il n'est que dix heures.

— Mais ces scènes avec Dusty m'épuisent.

— Vous prenez tout cela trop à cœur. Pourquoi, Cath, pourquoi vous occupez-vous autant de Dusty ? Je compte si peu pour vous ?

— Casey, je vous en prie, pas de discussion ce soir. Je n'ai pas la force.

Dépité, il la lâcha.

— Pas la force, ou pas l'envie ? lança-t-il.

— Que voulez-vous dire ?

— Vous ne le savez pas ? Allons donc ! Votre affection pour Dusty est en train de vous égarer. Vous vous laissez dévorer. Votre vie ne vous appartient plus.

— Vous dites n'importe quoi ! Quel rapport entre le refus de vous épouser et les liens que j'ai avec mon père ?

— Je pense à vous, d'abord. Votre sensibilité est meurtrie. Dusty a besoin de vous... d'une manière maladive... et vous entrez dans son jeu...

— Ce n'est pas vrai !

— Non ? Alors pourquoi ce repli sur vous-même ? Pourquoi ? Vous êtes belle, tendre, vous avez du talent. La vie est là, qui vous attend...

Vous ne pouvez pas reculer indéfiniment. Sinon, vous allez vous perdre... Je vous aime, Cathy.

Il s'approcha d'elle et plongea son regard dans le sien.

— Je vous aime, répéta-t-il.

Il était si près qu'elle sentit son souffle chaud sur son visage. Haletante, elle ne pouvait plus parler.

Doucement, il l'embrassa. Si fort était son amour qu'elle se mit à trembler.

Il reprit ses lèvres avec une ferveur redoublée avant de murmurer :

— Je t'en prie, Cathy, laisse-moi t'aimer.

Bouleversée, elle se serra contre lui. Ses yeux s'illuminèrent et, dans un élan de bonheur, elle lui dit son amour.

Sa voix avait des inflexions qui le firent frémir. Il avait attendu cet instant si longtemps !

Emporté par la passion, Casey se laissa tomber à genoux. Eperdue, Cathleen se glissa contre lui et s'enivra de sa chaleur. Leurs bouches s'unirent avec frénésie.

— Cathy, oh ! Cathy ! gémit-il.

Elle s'agenouilla et l'aida à se dévêtir, puis elle l'aima, belle et sublime dans son délire.

Bouleversé par tant d'ardeur, Casey ne put attendre longtemps l'achèvement de cette étreinte torride. Dès que Cathleen noua ses jambes autour de sa taille, il la fit voguer sur un océan de volupté, l'amena au sommet d'une vague gigantesque qui s'échoua brusquement sur une plage de rêve. Elle resta longtemps au creux de ses bras, avant de s'écrier :

— Mon Dieu ! Casey, regardez où nous sommes !

— Peu importe.

— Mais Dusty ou Lynette et Jack peuvent arriver d'une minute à l'autre.

— Dusty, il y a peu de chances. Quant aux autres ils ne pourraient que s'attendrir.

Nullement convaincue, elle se rhabilla et répara le désordre de sa coiffure.

— Tu sais que tu me rends complètement fou, petite sorcière.

Sans lui répondre, elle alla se réfugier sur le canapé. Ce qui venait de se passer était insensé ! Comment avait-elle pu s'abandonner ainsi à sa passion ? Quelle fièvre l'avait poussée à l'aimer de la sorte ? Pour la première fois de sa vie, elle avait laissé parler son cœur, son corps, donné libre cours à son désir.

Habillé, Casey s'étira longuement, bâilla, s'approcha et lui tendit la main.

— Viens, petite fille, dit-il, rentrons.

— Attendez. Pas si vite. Ce qui vient d'arriver...

— Oui ?

— Ne me regardez pas ainsi, s'il vous plaît. Ce qui vient d'arriver, reprit-elle, ne change rien.

— Non ?

— Non ! Je ne vous épouserai pas ! Ce n'est pas parce que vous avez profité d'un instant de faiblesse...

— De faiblesse ?

— Parfaitement.

— Cathy ! Vous plaisantez !

— Non ! J'étais bouleversée. Je ne savais plus ce que je faisais.

— Mais jamais nous n'avons été si proches, si unis. Nous sommes faits l'un pour l'autre, Cathy, que vous le vouliez ou non.

— Je vous désire, c'est vrai. Ce serait stupide de le nier. Je peux même admettre que je vous aime.

Il commençait à perdre patience. Non sans une certaine ironie, il répondit :

— Vous m'en voyez ravi !

— Mais ce n'est pas une raison suffisante pour nous marier, continua-t-elle.

— Décidément, l'amour vous fait peur, vous craignez de vous y perdre corps et âme. Mais je ne suis pas votre père, Cathleen, et rien de mal ne vous arrivera.

— Vous n'allez pas recommencer.

— Écoutez-moi bien. Si vous continuez à vivre avec Dusty, à veiller sur lui, vous perdrez votre jeunesse, votre beauté et votre talent... Au bout du compte vous vous retrouverez seule. Et du même coup vous enfoncez Dusty dans son malheur. Aussi longtemps que vous serez là il n'aura pas besoin de lutter contre lui-même. Vous ne comprenez donc pas qu'en l'aidant vous l'encouragez dans son vice ? Vous le maintenez en totale dépendance.

— Non ! Comment osez-vous ?...

— Vous le faites avec les meilleures intentions du monde et avec tout votre amour, mais si vous substituez votre volonté à la sienne, il n'a aucune raison de changer. Partez, Cathleen. Laissez-le prendre enfin ses responsabilités... Vous pouvez me suivre, m'épouser ou vivre avec moi, comme vous voulez. Prenez des risques. Permettez-moi de vous rendre à vous-même.

Muette d'étonnement, elle le dévisagea. Il l'embrassa et ajouta :

— Je vous aime, Cathy. J'espère que vous choisirez la vie.

Il s'éloigna, sortit de la pièce et quitta la maison sans un regard en arrière.

Cathleen resta prostrée sur le canapé un long moment. Puis elle remonta dans sa chambre. Elle y verrait plus clair, demain.

Elle se coucha rapidement, ravie de n'avoir pas à bavarder avec sa sœur, et s'endormit dès qu'elle posa la tête sur l'oreiller.

Elle s'éveilla reposée mais toujours aussi indécise.

Elle descendit à la cuisine où sa sœur la rejoignit peu après.

— Que nous prépares-tu ? demanda-t-elle.

— Un confortable petit déjeuner.

— Tu veux ma mort ?

— C'est avant tout pour Dusty. Il doit en avoir besoin.

— Pourquoi ?

— Il ne doit pas se sentir très bien...

— Il s'est remis à boire ?

— Oui.

— Que vas-tu faire ?

Pourquoi toujours elle et pas Lynette ? A quand remontait cette habitude ? Elle ne savait plus. A croire qu'il en avait toujours été ainsi.

— Je ne sais pas. J'ai pensé l'emmener à la clinique voir son médecin.

— Bonne idée.

Cathleen remplit l'assiette de sa sœur et la sienne mais ne s'assit pas. Elle se dirigea vers le téléphone et appela la maison de santé. Elle dut attendre un moment avant de pouvoir parler au Dr Frank Muller à qui elle exposa brièvement la situation.

— Je peux vous donner un rendez-vous cet après-midi à deux heures et demie.

— Parfait.

Lorsqu'elle revint à la cuisine, son père était là, la mine défaite.

— Bonjour, Dusty, dit-elle, sans trop savoir quelle attitude adopter.

— Bonjour, ma chérie.

— Tu veux manger ?

— Non, pas encore. Un café suffira pour le moment.

Lynette le servit puis annonça qu'elle allait se préparer.

Dès qu'ils furent seuls, Cathleen entra dans le vif du sujet.

— Tu as rendez-vous cet après-midi à la clinique.

— Très bien.

Il hésita.

— Je... je suis désolé pour hier. Je ne sais pas ce qui s'est passé. J'avais soif et j'ai pensé qu'une bière ne me ferait pas de mal. Puis je me suis laissé entraîner.

— Comme toujours, répliqua-t-elle avec une froideur qu'elle regretta aussitôt.

La colère ne servait à rien.

— Décidément, je ne fais que du mal à tout le monde.

Soudain lasse à l'idée de subir une fois de plus le flot de ses remords, elle voulut l'interrompre. Mais en vain.

— Je t'ai déçue. Tu avais tellement misé sur moi. Mais, je te le jure, cela va changer. Plus une goutte. Jamais. J'ai découvert hier que même un verre était de trop. Tant mieux. Maintenant je connais mes limites et je sais ce qui me reste à faire.

Serment qu'elle connaissait par cœur! Mais elle ne dit rien. Après tout s'il avait besoin de se mentir et de se bercer d'illusions ! Peut-être était-ce la raison pour laquelle elle n'avait plus la volonté d'espérer ? L'idée la fit sursauter. Ses parents étaient des gens instables. Elle courait après la sécurité et la tranquillité. Son père mentait et se racontait des histoires ; de son côté, elle s'entêtait à ne voir de la vie qu'une triste réalité. Dans sa hâte à échapper au destin de ses parents elle s'était bâti à l'opposé un monde clos et limité, où tout était clair et simple. Une véritable île déserte, en fait, coupée de tout ce qui pouvait lui rappeler ses parents : la musique, l'amour, le monde en général. Qu'y gagnait-elle ? Rien sinon une existence triste et solitaire finalement aussi marquée par l'influence de ses parents que si elle avait suivi leurs traces.

Casey avait peut-être raison. Elle s'accrochait à son père et avait repoussé sa mère pour ne pas bouleverser l'ordre de son petit univers.

Elle regarda son père qui poursuivait ses litanies. Prenant alors sur elle, la gorge nouée, elle lui dit :

— Papa, je t'ai pris un rendez-vous à la clinique. Tu iras ou tu n'iras pas, c'est ton affaire, mais je ne t'emmènerai pas. J'ai d'autres obligations.

Dusty la dévisagea, stupéfait.

— Entendu, j'irai...

— Je l'espère... Tu ne dois plus compter sur moi. Je ne jouerai plus les anges gardiens. Je t'aime infiniment mais j'ai aussi ma vie. Ce n'est pas te rendre service que de me comporter avec toi comme je l'ai fait jusqu'à présent.

— Oui, je comprends.

— Parfait. Je vais chez Casey. Je ne serai pas là cet après-midi. Nous avons une représentation ce soir ; nous entrons en scène à neuf heures vingt-cinq. Je serai au rendez-vous. A toi de décider si nous chanterons en duo ou si j'assurerai seule le spectacle.

Elle hésita un instant, puis alla chercher sa trousse de maquillage, son costume de scène et partit, le laissant perdu dans ses pensées.

Elle n'alla pas directement chez Casey. Elle fit un détour par Brentwood, le riche quartier où vivaient la plupart des vedettes de la chanson. Elle conduisait lentement ; tout avait tellement changé depuis dix ans !

Mais Brentwood avait toujours le même charme. Les souvenirs s'imposèrent dès qu'elle franchit le seuil de la maison.

Il y avait maintenant un interphone à la porte. Elle s'annonça et peu après un des gardes du corps de sa mère vint lui ouvrir.

— Elle est dans son bureau. Vous connaissez le chemin, j'imagine, dit-il presque à contrecœur.

— Bien sûr.

La porte était grande ouverte. Cathleen approcha et entendit Stella parler d'actions, d'investissements. Son banquier sans doute. Elle leva la tête et vit sa fille.

— Oh! Larry, dit-elle, le premier instant de surprise passé, je vous rappelle plus tard. J'ai une visite.

Elle raccrocha et se leva avec sa grâce coutumière.

— Cathleen! s'exclama-t-elle. Que se passe-t-il? Tu as des difficultés avec Lynette ou Dusty?

— Bonjour maman. Lynette va bien, elle épouse Jack Beaudry. Elle te l'a dit?

— Oui, il y a deux semaines environ. Je ne comprends pas... Mais allons plutôt dans mon boudoir, c'est plus accueillant.

Elles montèrent dans la charmante petite pièce qui jouxtait la chambre de Stella, entièrement redécorée.

— Je ne suis pas venue pour parler d'eux, commença-t-elle, la gorge nouée. C'est de moi qu'il s'agit. Je... je... voudrais que tu me pardonnes mon attitude... toutes ces dernières années.

— Je t'en prie, répondit Stella, les yeux écarquillés de stupeur. Moi aussi j'ai fait des erreurs. Je n'ai jamais été très bien avec toi. Non que je ne t'aime pas mais toi et Dusty vous étiez si proches... je me sentais exclue. Et je vous en voulais. Je regrette.

— Moi aussi.

Elles bavardèrent pendant près d'une heure. Cathleen savait qu'elles n'auraient jamais des

214

relations totalement détendues. Trop de choses les séparaient. Mais c'était un commencement. Une possibilité. Cathleen en acceptait l'augure.

Seul, chez lui, Casey réfléchissait.

Il mit le magnétophone en marche et régla le son. Quelques accords de guitare et de piano, puis la voix de Cathleen, chaude et pure, emplit la pièce. Il ferma les yeux et se laissa aller contre le dossier de son fauteuil. Pourquoi se torturait-il ainsi à l'écouter inlassablement ?

Depuis qu'elle l'avait quitté, sa vie était un enfer ; il souffrait comme un damné. Bien des fois, il avait failli prendre le téléphone pour la supplier de revenir. Seule l'avait retenu la certitude qu'elle ne serait jamais totalement à lui, s'il cédait trop vite.

La veille, lorsqu'ils s'étaient aimés, il avait été troublé au plus profond de lui-même. Jamais encore, ni avec elle ni avec quiconque il n'avait connu une telle liberté, une telle joie. Cathleen s'était donnée sans restriction, corps et âme. Quelle souffrance lorsqu'elle avait refusé de l'épouser ! Il se revoyait quittant la maison, fou de rage. Toute la nuit il avait fait les cent pas, juré et fumé, ce qui ne lui était pas arrivé depuis des années.

Peu à peu sa colère s'était estompée, laissant place à une terrible douleur...

Avec la musique, il ne l'entendit pas arriver. Il

ne s'aperçut de sa présence que lorsqu'elle entra dans son studio. Médusé, il la regarda sans proférer un son. Il devait rêver !

— Casey ? appela-t-elle, timidement.

Il se leva d'un bond, la prit dans ses bras, lui caressa les cheveux et lui couvrit le visage de baisers !

— Cathy, Cathy, murmura-t-il tendrement.

Elle s'écarta doucement.

— Casey ! protesta-t-elle. Je dois vous parler... Je crois que... je veux vous épouser... Si... tu le souhaites toujours.

— Quelle question ! Demain. Quand tu veux.

Elle rit mais il l'arrêta d'un baiser. Un long moment ils restèrent enlacés, comme s'ils avaient oublié le plaisir d'être dans les bras l'un de l'autre. Puis ils se laissèrent glisser à terre. Un long moment, ils burent l'un à l'autre, exaltés par leur amour renouvelé.

Au bout d'un moment, Cathleen s'arracha à ses bras et lui dit :

— J'ai une condition à poser.

— J'accepte.

— Sans savoir laquelle ?

— Après les semaines que je viens de passer, je suis prêt à tout.

— Voilà. Tu souhaites que je chante, je le sais. Je veux bien enregistrer dans un studio et même partir en tournée avec toi... mais jamais toute seule.

216

— Nous serons ensemble. Toujours. Rien ne peut me plaire davantage, ma chérie.

Ils s'aimèrent dans le studio, avec une infinie tendresse, avant de faire des projets d'avenir, livrés à eux-mêmes, attendris et heureux.

Bien à regret, en fin d'après-midi, Cathleen annonça qu'il était temps pour elle de se préparer.

— Pourquoi ? Où vas-tu ?

— Au *Grand Ole Opry*. Dusty et moi devons chanter. Mais je risque de me retrouver seule pour assurer le spectacle.

Et elle lui raconta par le menu tous les événements de la journée. Lorsqu'elle eut terminé, il la regarda d'un œil admiratif.

— Je suis fier de toi, dit-il. Tu as du caractère ! Viens dans la salle de bains. Je t'accompagne.

— Tu n'es pas obligé.

— Tu t'imagines que je vais te perdre de vue une seule minute ?

— Tu es plus lisse que l'eau, lui dit-il, lorsqu'elle fut sous la douche.

La voir ainsi fit renaître son désir. Mais il se contenta de l'embrasser et ils s'habillèrent en toute hâte. L'heure de la représentation était proche.

Arrivée au théâtre, elle s'enferma dans sa loge pour se changer et se maquiller tandis que Casey attendait dans le couloir.

Quand elle fut prête elle ouvrit la porte pour lui montrer son costume.

Adossé au mur, Casey discutait tranquillement avec Dusty, tout habillé pour la scène, lui aussi.

Un instant, elle crut défaillir. Jusqu'au dernier moment, elle avait redouté qu'il ne vienne pas.

— Papa! s'écria-t-elle, avec un pâle sourire.

— Bonsoir, ma chérie.

Quand il la prit dans ses bras, elle eut honte d'avoir douté de lui.

— Tu as cru que j'allais te laisser tomber?

— Je ne sais pas. Je suis tellement contente que tu sois là.

— Puisque tu te maries, je vais devoir m'assumer. Il serait temps, non?

Elle hocha la tête, essuya quelques larmes, sourit à Casey et s'avança sur la scène.

Elle y entrait le cœur léger. Son père était sur la bonne voie et... Casey l'attendait!

Ce livre de la *Série Harmonie* vous a plu. Découvrez les autres séries Duo qui vous enchanteront.

Romance, c'est la série tendre, la série du rêve et du merveilleux. C'est l'émotion, les paysages magnifiques, les sentiments troublants. *Romance*, c'est un moment de bonheur.

Série Romance : 6 nouveaux titres par mois.

Désir, la série haute passion, vous propose l'histoire d'une rencontre extraordinaire entre deux êtres brûlants d'amour et de sensualité. *Désir* vous fait vivre l'inoubliable.

Série Désir : 6 nouveaux titres par mois.

Amour vous raconte le destin de couples exceptionnels, unis par un amour profond et déchirés par de soudaines tempêtes. *Amour* vous passionnera, *Amour* vous étonnera.

Série Amour : 4 nouveaux titres par mois.

Série Harmonie : 4 nouveaux titres par mois.

NORA ROBERTS
Un étrange amour
Pour te protéger

Jolie, riche, Jessica Winslow a
appris à ses dépens qu'être née
avec tant d'attraits excite
en général bien des convoitises.

Mais la personnalité de James
Sladerman n'est pas de celles
qu'elle rencontre habituellement.
Tour à tour dur, tendre, narquois,
son regard la captive.

Qui est cet homme étrange,
toujours présent lorsqu'un danger
la menace ? Malgré tous les
avertissements, elle aimerait tant
pouvoir se blottir dans ses bras
pour y trouver enfin
le bonheur...

Série Harmonie

JOAN HOHL
Prisonnière d'un souvenir
Encore un espoir

Nacia Barns n'apprécie plus
la compagnie des hommes.
Treize ans plus tôt, un mariage
malheureux l'a convaincue de
leur égoïsme. Désormais, elle
se consacre à sa fille adorée,
la charmante Tracy.

Et puis, un bel été, sur une plage
brûlante de soleil, elle rencontre
Jared Ranklin. Ce veuf que le souvenir
douloureux d'une épouse chérie continue
de hanter est immédiatement séduit.

Oublieront-ils leur passé de souffrance,
ces deux êtres blessés qui n'osent
admettre que, pour eux, le bonheur
est peut-être enfin arrivé?

Duo *Série Harmonie*

NORA ROBERTS
Une rose pour te plaire
La voie du bonheur

– Vous avez refusé la direction
de l'information ?
– J'aurais peur de manquer de temps
pour m'occuper de vous...

Quel curieux personnage ! pense
Olivia Carmichael.
Où que se porte l'actualité,
la jeune et ambitieuse journaliste retrouve
toujours Stephen Thorpe sur son chemin.
Et aujourd'hui il prétend refuser
la plus prestigieuse des promotions
... pour se consacrer à elle.
Absurde et inimaginable !

Mais alors, pourquoi cette réponse
ne cesse-t-elle de hanter ses nuits ?

Série Harmonie

Ce mois-ci

Duo Série Romance

Duo Série Désir

Duo Série Amour

Achevé d'imprimer sur les presses de l'Imprimerie Bussière
à Saint-Amand-Montrond (Cher)
le 17 octobre 1984. ISBN : 2-277-83037-2
N° 2289. Dépôt légal octobre 1984. Imprimé en France

Collections Duo
27, rue Cassette   75006 Paris
diffusion France et étranger : Flammarion